青海省作家协会
青海民族文学翻译协会 出版项目

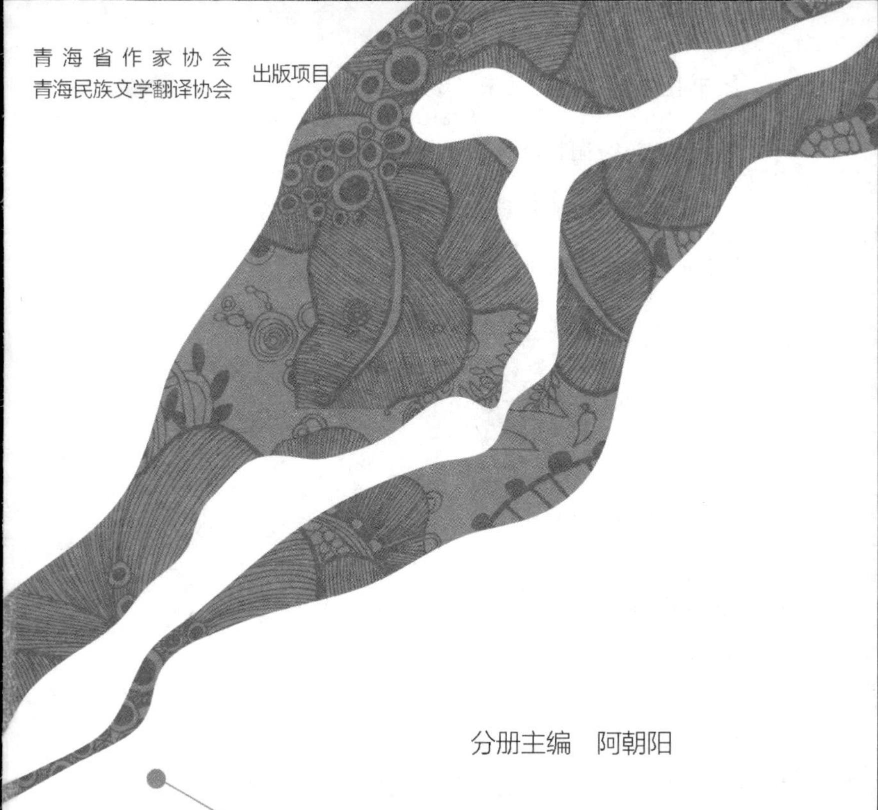

分册主编　阿朝阳

青海世居民族经典记录丛书　土族卷

有心就能抵达

青海人民出版社

图书在版编目（CIP）数据

有心就能抵达 / 阿朝阳主编 . -- 西宁 : 青海人民出版社 , 2019.11

（青海世居民族经典记录丛书 / 梅卓 , 樊原成 , 马非主编）

ISBN 978-7-225-05899-3

Ⅰ . ①有… Ⅱ . ①阿… Ⅲ . ①散文集－中国－当代 Ⅳ . ① I267

中国版本图书馆 CIP 数据核字（2019）第 248986 号

青海世居民族经典记录丛书

梅卓　樊原成　马非　主编

有心就能抵达

阿朝阳　主编

出 版 人　樊原成

出版发行　青海人民出版社有限责任公司

西宁市五四西路 71 号　邮政编码：810023　电话：（0971）6143426（总编室）

发行热线　（0971）6143516 / 6137730

网　　址　http://www.qhrmcbs.com

印　　刷　陕西龙山海天艺术印务有限公司

经　　销　新华书店

开　　本　787 mm × 1092 mm　1/32

印　　张　8

字　　数　100 千

版　　次　2019 年 12 月第 1 版　2019 年 12 月第 1 次印刷

书　　号　ISBN 978-7-225-05899-3

定　　价　30.00 元

鲍义志

鲍义志，男，1951年2月出生，土族，青海省民和县人，中国作家协会会员。曾任全国人大代表、全国政协委员、西宁市副市长、青海省政协副主席、民盟中央常委、民盟青海省委主委。现任青海文史馆馆员、名誉馆长，青海土族研究会会长。有小说、散文、诗词作品问世。短篇小说《翠儿》获全国第二届少数民族优秀小说奖；中篇小说《黑牡丹，白牡丹，红牡丹》、歌剧剧本《三牡丹》分别获青海省庆祝建国40周年、45周年优秀作品奖；中短篇小说集《呜咽的牛角号》获第四届全国少数民族优秀作品奖；中国作家协会和中华文学基金会第四届庄重文文学奖获得者。已出版《哦！大森林》《河湟情怀》，诗集《掌中吟》等多部。部分小说作品被改编为电视剧，多部作品被翻译为日文、英文、法文译介到海外。近年来致力于当地历史文化的发掘研究，发表的《喇家遗址与大禹治水》首次提出青海民和官亭一带是治水英雄大禹的故里，引起学术界强烈反响。

> 3

哦！大森林！

由于人类生存的空间越来越狭小和拥挤，由于人们总想摆脱（哪怕是暂时的）城市的喧嚣和现代文明造成的压抑，春夏之际，一到节假日，人们成群结队地乘车往野外跑。西宁附近寥寥的几个风景点，诸如水峡、宝库、东峡、蚂蚁沟、老爷山都有些人满为患的味道了，到处是破碎的酒瓶、罐头瓶，狼藉的烂报纸、香烟盒、啃过的骨头、捏扁的易拉罐，还有满地的烟蒂和野炊的痕迹，使你简直难以找到一处尚未被人类侵扰和玷污的净土。如果你不是一坐下之后便对酒宣泄着情绪，如果你不是一直把目光投向远处青翠的山岭和清澈的流水，你定会为眼前头的一切深感懊丧，为人类的残酷无情而叹息——这已经不是人们所渴望的大自然了！

互助北山林场的大森林还是沉寂的。莽苍苍的次生林绿得使人心里沉醉，不由得联想起东山魁夷笔下的油画。踩上去似海绵般柔软的落叶，青石上的苔藓，枯树上的菌类，绿草间的草莓，灌木丛中的野果，点缀在林间空地上的各色野花，鸣叫在密林深处的山雀，清凌凌的泉水从坡上草丛中汩汩渗出，忧郁的花儿从大山深处隐隐地传来，两头牦牛卧在坡上反刍，坡下有护林人居住的小木屋……这才是人们心中的大自然呢！没有被人类侵扰的痕迹，神秘幽静的大森林似千百年前就是眼前这个模样，令人产生无尽的遐想。

进入北山大森林的腹地，置身于密密的森林之中，你会情不自禁地躺在绿茸茸的林间草地上，接受大自然的爱抚。这可是一种难得的享受呢！会使人忘却尘世的许多烦恼和不如意，整个儿身心如同和大自然融为了一体。这时，对生命的伟大和人生的意义，又会产生许多新的理解。这大约是人们喜欢归附于大自然的原由之一吧！然而，能给人类以这种心境的大自然越来越少了！

林场的郑场长在介绍林场情况时说，北山林场正是由于交通不便，才得以在解放前后的几度乱砍滥伐中没有大伤元气。我便想，北山的大森林正是由于远离了城市，才得以保留住了如今这如处子般迷人的景观。倘若它离西宁近一些呢?

人类倾慕、向往大自然，而人迹所到之处，大自然的美好便会遭受无情的损害（也许是无意的），一切都是这样不可调和吗?

据讲，北山开辟为旅游风景区已提上议事日程，北山大森林迟早会成为人们旅游的一个热点，成为西宁人继东峡、水峡、宝库等叫腻了的地名后又一个被经常提起的地名。

但，那时的北山就将是另一番模样了！真不知道该庆幸，还是该遗憾。一想到北山大森林那如绿绒毯般美丽的林间空地上将抛满乱七八糟的人类垃圾时，心中总不是个滋味!

我真希望自己是北山大森林的最后一位游人!

哦！大森林!

飘到天山脚下的花儿

八月的伊犁，不似乌鲁木齐，更不似吐鲁番那样炎热。早晚漫步在伊宁市绿树成荫、花团锦簇的街头，饱览这边境城市的独特风光，委实让人赏心悦目呢！

从乌鲁木齐来到伊宁已经两天了，住在曾经是苏联领事馆的伊犁宾馆里。

伊宁，确实是一座美丽的城市，街道宽阔而整洁，随处可见俄式建筑和伊斯兰建筑，大街上哈萨克族女人和维吾尔族女人绚丽夺目的穿着，使人眼花缭乱。我不由得想起一位哈萨克族诗人在云南西双版纳说过的一番话："如果说南国的姑娘美得似水，那么我们新疆的姑娘美得似火呢！火一样的热情，火一样的色彩。"诗人的比喻身临其境时才让人感到十分地贴切。

满街充溢着瓜果的香味，哈密瓜、西瓜、圆嘟嘟的葡萄、红艳艳的苹果，叫人馋涎欲滴。录音机里播放的哈萨克乐曲旋律热烈而奔放，置身伊宁，才真正体味到西域独特的魅力和风采。

我们起程去尼勒克。我们将访问一处天山牧场，去哈萨克帐房里做客。大客车在伊犁丰收的原野上疾驰，一排排高耸的白杨从车窗外一晃而过。

不知不觉间，客车已行驶两三个小时，停在一个乡间小镇上。旅客们纷纷下车，游览小镇的市容或买一些杂物。

“喂！老鲍，快下来，这儿有伊犁冷饮。”俄罗斯族姑娘米拉见我还待在车上，便热情地招呼道。我赶忙跑下车。米拉是在伊犁长大的，一路是经她热情的介绍，使我对伊犁的了解更深了一层。

眼前这种土冷饮也是第一次见到。好大一整块冰覆盖着毛巾之类置在案上。哈萨克族摊主用一把类似铁铲之类的工具“嚓嚓嚓”地从冰块上刮下许多冰屑，拌上酸奶粉一类的东西盛在碗中，一碗吃下去，又酸又甜，一股透心的凉意顿时便驱走了浑身的燥热。就在这时，一曲熟悉的旋律幽幽地飘入我的耳际。我的心一激灵，是花儿的旋律，是家乡河湟花儿的旋律。起初我还以为是幻听，在这远离花儿故乡千里的天山脚下，谁会唱花儿呢？

左边的黄河嘛噢呀，

右边的石崖嘛噢呀，

雪白的鸽子噌愣愣愣，扑噜噜噜，

……

不错，的确是家乡的花儿，在这远离故乡的地方听到乡音，让人觉得是那么亲切。我听出是青海民族歌舞团花儿歌手张海魁演唱的“仓朗朗令”《雪白的鸽子》。那迷人的曲调、那高亢嘹亮的嗓音是我所熟悉的。我不由得信步觅去，花儿声是从一处销售磁带的小店铺中传出的。一搭话，便听出小店的主人是青海人。他说他是青海化隆人，回族，是60年代初跑到新疆谋生路的，如今已是一大家子好几代人了。见到乡亲，他显得格外热情，邀我进店铺坐下，随手就斟上了一杯凉茶。

“你是民和人？你们民和的这搭儿也有好几家哩！那边摆酿皮摊儿、开饭馆的就是你们民和人。”店主人说。

我知道新疆这片博大的土地曾经保护过数以万计陷入绝境的异乡客。当我问起店主人当初是怎么跑到这么偏远的地方时，他说：“老家活不下去啊！因为成分高，挨不完的整，一咬牙，就跑口外了，这搭儿的许多口里人，都是这么跑出来的。”

“如今呢，好了吧？”我禁不住问。

“好了，好了。房子盖上了，根扎在这搭儿了。”店主人高兴地说。

在同他交谈时，我浏览了一下他的货架，琳琅满目的磁带中，还有不少青海花儿歌手马俊、马文娥等的花儿盒带。

“这些花儿带子的买主多吗？”我问。

“多，这搭儿的青海人、甘肃人都喜欢听家乡的曲儿，听上一声花儿,就像是回了一趟家乡啊！”店主人感慨地说。

是啊！在这远离故土的天山脚下，还有什么比听一曲花儿更能牵起思乡之情呢？在艰难的岁月里，让花儿抚慰心灵创痛；在欢乐的日子里，让花儿宣泄美好的情感。花儿将远方游子的心同家乡故土紧紧地联系在一起，即使是狠下心扎下根，也难以割舍对黄河岸边故土的绵绵情思啊！

兴许是店主人对家乡思念的情绪感染了我，回到车上，望着眼前连绵起伏的天山山脉，我想起了家乡那雄浑的大山和咆哮的黄河，而花儿的旋律一直在我耳旁萦绕。米拉见我沉默不语，便说：“老鲍，你是听了花儿想家了吧！”“听到天山花儿声，梦牵魂萦想黄河啊！”我笑着说。

“嗨！真有诗意呢，天山、黄河、花儿。”米拉是诗人，处处在捕捉诗的灵感。

“对，很有诗意。”我信口说，脑海中又飘荡起花儿那迷人、醉人的旋律……

夜天池

深秋的孟达天池，游客已经很少了。几只游船被拖到湖岸上，木桨胡乱横着。饭馆、小卖店一类湖畔的几间小房的门窗也似封闭了许多时日。秋风从湖面上掠过，卷落几枚树叶，眼前确实是一幅萧索的景象。

然而，我觉得秋天天池的景色，有着一种独特而诱人的魅力呢！远处高高的山巅已经有了皑皑白雪，山林间红叶红得似火，黄叶黄得耀眼。点缀其间的红色、橙色的山果像晶莹的玛瑙和珊瑚。柏松依旧苍翠欲滴，而松枝上的雾霰，像散落在枝头的水晶和珍珠。天高云淡，吸一口清冷而洁净的空气，腹内仿佛顿时清爽了许多。亮开嗓门儿向四周“噢嗬嗬”喊一声，回声此起彼伏，在山岭间回荡，久久不绝。

喊过，又觉得唐突。宁静、幽邃，这似乎是秋之天池的真正特色呢！在湖边觅一块岩石坐下，点燃一支烟，将目光投向幽静的山林或湖面，将自身融入这无边的宁静之中，这对来自喧嚣的城里人来讲，不就是一个绝妙的精神享受吗？

一轮圆月不知是什么时候升起来的。这月，似乎是从天池升上来的，被天池水洗过，那么冰清玉洁。月光在湖面上涌动，将那隐隐绰绰的暮霭向湖四周驱赶。山林渐渐地分不清远近的层次了，渐渐地便在幽蓝天宇的映衬下变成了黑黢黢的轮廓。面对这夜色，我脑海中一种神秘感和神圣感蓦然降临。

天池是我家乡土族人心目中的圣湖，被称作“神仙淖尔”。一代代、一辈辈，距此数十里外的土族人结伴来这里朝圣，环湖长拜，带着虔诚的信念，带着渴望和祝愿。来得最多的是女人，一路走来，风餐露宿，许多艰辛。她们祈求一个好的年景，祈求祛病禳灾，祈求子嗣繁衍。笃信藏传佛教的土族老人深信，在“神仙淖尔”许愿，那愿心是可以传到遥远的西藏的。

于是，关于“神仙淖尔”便有了许多美丽的、神奇的、动人的乃至凄婉的传说。虽说我是第一次来到这里，可对天池，却是不陌生的。在这幽静的月光下，独坐湖畔，一幅幅记忆或想象中的画面便不断在脑海中浮现。

数年前，我曾写过一篇名为《神仙淖尔》的小说，那反映的是土族女人沉重生活的一个侧面。这篇小说后来还被人翻译成英文，介绍到了国外。而此刻，我自问，我的小说，该没有亵渎这片神圣和圣洁的湖水吧？

幽静，无边无际的幽静。这幽静更让人觉得自然的博大和人自身的渺小，心中涌动着一种感动和情绪。

月光和湖光交相辉映着，清冷、皎洁。

蓦地，我发现不远处一个高大的身影向着天池深深拜了下去。我认出，他是我们同行的一位诗人。据我所知，他是不信奉任何宗教的。“忍不住就想拜一下，让身体和大地贴近一次。”在我走近时，诗人坦率地这么说。他说话的语气明显有点儿激动。

我和诗人默默在湖畔伫立着。一轮天池月，一池天池水，使人变得矜持了。当一缕淡云缓缓地遮住明月时，诗人长呼了一口气，“太好了。”他说。

“是的，太好了。”我轻声作答。

又见澜沧江

1989年夏天，我参加的中国少数民族作家深入生活团到了云南，开始了在云南为期一个月的深入生活。这个团的团长是已故蒙古族作家达木林，当时他是中国作协创联部的负责人之一。团员由来自祖国各地有培养前途的十余位少数民族作家组成。

到了美丽的西双版纳，见到了碧波荡漾的澜沧江。这条江到了云南，到了西双版纳便要告别中华故土流到境外了。我在接受《文艺报》记者采访时，称自己是来自这条大江发源地的人。文章发表后，一位有心的朋友曾问过我，你在到云南之前见过澜沧江吗？我只好报以苦笑。对于身处三江源的青海人来说，黄河不难见，长江在国内许多省区也可以见到她的英姿，但在青海省见到澜沧江可不是件容易的事。或者说，大多数青海人很少有机会见到澜沧江吧！看这条大江，你需要到玉树州，到杂多县或者囊谦县。13年前，我曾经到过玉树州结古镇，也是由于没有机会去杂多县和囊谦县，和澜沧江失之交臂了。在源头看一眼澜沧江，也成了我一个小小的夙愿。澜沧江这条著名的国际河流，发源于玉树州杂多县扎多乡的群果扎西滩，源头海拔5160米，自西向东由杂多县经囊谦县出青海省流入西藏自治区，在青海省境内称扎曲河，出青海省称澜沧江，经云南省出境流贯东南亚，称湄公河。

我们是在赴囊谦县的途中看到澜沧江的。越野车在一条幽静的峡谷中穿行，两岸植被覆盖很好，陡峭的山坡上松树和高低不齐的灌木郁郁葱葱的，公路顺着一条大河在峡谷间穿行。“这就是澜沧江。”同行者不经意的一句话，使我一激灵，这就是澜沧江吗？这就是曾让人魂牵梦萦的澜沧江吗？二十年前在西双版纳一睹你的芳容，犹如惊鸿一瞥，犹如一位少年和一位无缘的绝色少女擦肩而过，留下的是淡淡的怅然，是渴望再求一见的思念。车停了下来，站在岸边凝望着奔流的澜沧江，我整理着自己的思绪。这里的江水是混浊的，没有想象中那么清澈，水流湍急，仿佛要去赴一个约会，赶往一个什么地方似的。

又见澜沧江，是这次赴三江源的一个意外收获。

头一天在途中看到黄河，那是在号称黄河源头的玛多，我们跨过号称黄河第一桥的玛多黄河大桥。在结古镇见到通天河，长江在青海省境内被称为通天河。今天又来到了澜沧江边，三天之内，三条大江都见到了，也算是不虚此行吧。在囊谦县领导们的安排下，我们访问了这个县的生态移民定居点，这个生态移民定居点是在原来退牧还草生态移民定居点的基础上扩大的，今年尕羊乡生态移民 200 户的建设工程正在实施中，整个定居点规划整齐，整个社区显得生气勃勃，引人注目的是一所新建的小学校，粉红色教学楼格外惹眼。这是台湾明德基金会援建的一所小学。生态移民定居点社会服务的配套是必不可少的，尤其是学校。从过惯游牧生活的牧民把自己的孩子送进宽敞明亮的教室那一刻起，下一代的命运就将发生根本的改变了。

更杰家是我们访问的一家生态移民户，更杰是一位老藏医，60 多岁的他披散着一头长发，显得与众不同，他家有十口人，他的住房比较大，建设的标准也比较高。更杰说，这是他在政府补助 4 万元的基础上，自己又投入了 15

万元建造的。对于家庭条件相对好一些的，当地政府允许他们在原来60平方米的基础上再增加一些面积。更杰是一位有影响的老藏医，他说他行医已经有26年了。我请他为我诊脉，他诊完后说我的血压有点儿高，心脏也不是很好。诊断得也还算准。同行的老樊、小杜也都请他诊过，他说老樊肝上有点儿问题，说小杜胆囊不好，诊断得也都准，顿时让人信服。更杰领我们参观了他的药房，药房不大，药柜和没加工的动植物还有矿物原料，将小药房挤得满满的。我注意到墙上挂有卫生主管部门授予他主治医师行医资格的证书，还有一些奖状，便问更杰他的藏医是从哪里学的，他的子女有没有跟他学。更杰说他的藏医除了家传，还拜过许多师傅。提起继承，他的神情有些黯然，他说他的孩子们没有人愿意跟他学藏医。

藏医藏药是十分珍贵的非物质文化遗产，可以说博大精深，而传承是一个值得重视的问题。更杰说他行医是不收费的，患者痊愈后想表示多少是多少，他不会计较的。也许，在更杰的孩子们看来，当藏医既然不是一个很好的生财之道，舍弃也就在情理之中了。

在囊谦当副县长兼公安局长的王显，是我当中学教师时的学生。他是在省公安厅宣传处副处长任上下派到这里挂职的，到任三个月。在他的提议下，我们去参观了移民社区的警务室。这间警务室公安局只派了一位年过50的老警长，在极简陋的条件下，组成了一支十几人的联防队，使移民小区的治安状况大为改观。尤其到了挖虫草的季节，由于有了这个义务联防队的存在，牧民即使举家上山挖虫草，也无须为财产的安全而担忧了。

当晚我们赶回结古镇，县上的所有人都在忙着准备参加两天后的艺术节和赛马节，明天是他们县的入城仪式，留下来会给他们添很多麻烦的。

依着澜沧江流出的峡谷，越野车疾驰着。我默默注视着澜沧江，如果说当年我在西双版纳见到的澜沧江像一位雍容秀美、仪态万方、举止沉稳的少女，那源头的澜沧江就像一群出生不久的普氏原羚，奔突、俏皮，充满了生机和活力，将高原的祝福和吉祥带向了远方。不知将来会在什么时候、什么地方再见到美丽的澜沧江。想着，也许，我会有机会在境外、在东南亚看到她的身影，送上我深深的祝福。

嗨！中华对角羚

两只中华对角羚悄然出现在我们的视线中，顿时让人感到兴奋和激动。多少次看过摄影家们拍下的图片影像，听到过它们的故事，可此前多少次到过或路过青海湖，却始终无缘见到它们真实的身影。车在公路上缓缓停下，我们一行走下车，赶紧掏出手机拍下这可爱野生动物的英姿。在汽车重新缓缓行驶时，公路两侧不时会闪现出中华对角羚的身影，一只、两只、三四只，这些环湖草原上的精灵或安详地觅食，或欢快地跃动，给初冬显得有些寂寥的草原增添了许多生机。

一只中华对角羚独自兀立在离开公路不太远的坡地上，它并不为汽车的驶过而惊慌，但还是颇有些警觉地转过头来，给了我们一个正面的华丽亮相。嗨！太美了！这是一只雄羚，体形优雅，黄褐色的皮毛接近于秋草的颜色，腹部呈现白色，唇是黑色的，双耳耸起，一对弯弯的黑色犄角相向内弯。它注视着我们，像是在向我们致意，像是在探询着我们的来意。蓦地，它转过身躯，轻捷地跃起，消失在了草原的深处。

这是在青海湖北岸的刚察县哈尔盖草原上，哈尔盖林业派出所的同志给我一架望远镜，借助望远镜可以看到稍远的地方有二三十只中华对角羚聚集在一起，很显然，那是一个不小的种群。

在刚察县进行调研的时候，我提起作为青海人多次到过青海湖周边，但一直没见过中华对角羚的真容。县委书记拉科对我说现在很容易见到，您回程时在哈尔盖乡停留一下，公路两侧、铁路两侧都可以见到这些小家伙。这样便有了我同这些草原精灵的一次邂逅，让人颇感惊喜。

中华对角羚，原名普氏原羚，18 世纪末俄罗斯探险家普热瓦尔斯基在中国考察时发现了这一动物并向外界介绍，使这些原本被当地人称为“黄羊”的野生动物有了普氏原羚这一学名。20 世纪 90 年代，青海省环保摄影家葛玉修为拍摄这一世界极端濒危的动物——当时全世界仅存一百余只的普氏原羚，以弥补该物种图片的空白，他起早贪黑，趴冰卧雪，蹲坑守候，终于拍摄下了大量普氏原羚的生活图片。而通过拍摄又了解到这一物种所面临的绝境，他通过图片、举办讲座等多种方式让全社会关注普氏原羚，了解普氏原羚，呼吁有关部门采取措施保护这一濒临灭绝的野生动物。与此同时，在同普氏原羚的接触中，葛玉修又有了新的想法："中国独有的羚羊物种为什么要叫洋人起的名字？为什么不能有一个中国名字？青海湖里独有的湟鱼虽然当初也被命名为普氏裸鲤，但不是早已被青海湖裸鲤取代了吗？何况当地的老百姓从来不认可什么普氏裸鲤，一直称之为湟鱼。"葛玉修进行了认真的研究和探讨，也多次向有关专家咨询，这种羚羊的雄性长着一对相向对弯的黑色环棱状犄角，很独特，很优美，便提出将普氏原羚更名为中华对角羚。他的这一呼吁得到了许多方面的响应，取得了积极的成果，而葛玉修也被誉为"中华对角羚之父"。

据 2017 年青海湖生物多样性综合监测野外调查工作显示，曾经极度濒危的中华对角羚野外种群数量达到 2010 只，与国宝大熊猫的数量持平。中华对角羚（普氏原羚）早在 1988 年就被列为国家一级保护动物，1999 年中国濒危动物红皮书将其列为极危级动物。1999 年，中华对角羚种群数约为 130 只，当时有专家断言，如果不采取有效的保护措施，这一野生动物极有可能在 20~30 年内灭绝。造成中华对角羚濒临灭绝的原因主要在这么几个方面：一是人类的捕猎活动；二是人类的放牧活动干扰、挤占了其原有的生存空间；三是牧民网围栏的阻隔，使中华对角羚难以有效逃脱狼和狐狸的追捕。同时，由于人为所造成的阻隔，各种群之间长期处于隔离状态，而每一种群的群体过小，近亲繁殖，也使中华对角羚趋于衰退。

近些年，青海省加大了生态保护的力度，青海湖周边的生态环境有了极大的改善。由于人们思想观念的变化，偷捕偷猎行为基本杜绝，牧民为保护中华对角羚甚至舍弃了自身的一些利益，拆除了影响中华对角羚活动空间的网围栏，将草场让给了中华对角羚。

从 2003 年起我就关注着青海湖的生态保护，为此，我以时任民盟青海省委主委的身份，多次呼吁民盟中央将青海湖的生态保护和治理列为重点调研课题，邀请民盟中央的领导带队开展视察活动。2005 年 8 月，时任全国政协副主席、民盟中央第一副主席张梅颖率有关方面专家组成考察团到青海专题调研了青海湖的生态保护和治理。当年 8 月 8 日，由全国人大副委员长、民盟中央主席丁石孙和全国政协副主席、民盟中央第一副主席张梅颖的联名信提交给了时任国家主席胡锦涛和国务院总理温家宝，呼吁国家重视青海湖周边的生态保护和治理。8 月 16 日，胡锦涛主席做了重要批示，之后，温家宝、曾培炎等领导也都做出批示。由此，促成了将青海湖的生态保护和治理纳入国家战略。2006 年底，国务院研究决定在 10 年间投入 15.68 亿元人民币对青海湖的生态进行综合治理。时任青海省委书记赵乐际同志见到我高兴地说，你们民盟为青海干了一件大事、好事！在民盟中央呈报给中央的调研报告中就有对普氏原羚（中华对角羚）进行保护的内容。

青海湖周边的生态环境得到了很大的改善，中华对角羚的数量有了明显的恢复，这确实让我深感欣慰。我想如果能像保护大熊猫一样，在青海湖周边建立中华对角羚繁育基地，保证一定的资金投入，从物种保护、科研、生存空间拓展等方面开展更为有效和切实的工作，中华对角羚的种群就有可能得到更快和更好的恢复，以达到生物多样性所需要的基数，从而体现生态文明建设的效果。绿水青山正是由于有了这些大自然的精灵才充满生机和活力。在不干扰中华对角羚生活环境的前提下，搭建一些观赏平台，以满足游客的观赏需求，这也是发展旅游业应该予以关注的方面。

在离开哈尔盖草原时，又有一小群中华对角羚欢快地从我们的车前跃过公路，我们的车又悄然停下，一只只中华对角羚敏捷、灵动，白色的短尾微微翘起，它们追逐着、跳跃着，很快消失在了我们的视线之中。为记录自己当时的心情，我在手机上写下了一首短诗：

环湖秋深秋草黄，
湖上初冰朔风凉；
忽见原羚奔突去，
送我惬意云天上。

阿　霞

奶奶，让我伴您最后一程

在丹阳城

听纳顿、品纳顿

拜谒宗喀巴大师自画像

阿霞，女，土族，1985年开始发表诗歌、散文作品。曾荣获青海省政府文艺创作奖。主要从事青海民族文化艺术研究，现供职于青海文化旅游行政部门。

奶奶，让我伴您最后一程

奶奶，此刻，我站在您的墓前，黄土的坟茔上已经有了青绿的草，奶奶，您是真的归于尘土了吗？就在一百天前，那个寒冷的清晨，奶奶，今生今世，我都忘不了那个寒气逼人的清晨。天气是那样寒冷，像我凄楚悲凉的心情，奶奶，我握着您逐渐冰凉的手，感到心灵中弥漫着寒意。奶奶，您活着的时候，我知道终有一天您会离我而去，而在您离去的那一刻，除了心痛与绝望，我只能在寒意四起的心境中，徒然地握紧您渐渐放松的手，奶奶，那一刻，我感受到生离死别的茫然，感受到灵魂颤栗的声音，奶奶……

2003 年的春节，不祥的预兆开始笼罩全家。年迈的奶奶突然卧床不起：年三十夜里，我更是恶梦不断，新年的第一天，父亲养的绣球花吐出了白色的花蕊，全家人都感觉到一个可怕的日子要到来了。奶奶平日里慈爱、亲切的目光突然变得清澈、悠远。我们走到她身边，在她耳边呼唤时，奶奶显出宁静傲然的神色。我握着奶奶干枯的手，望着这张饱经风霜的脸，悲伤如潮涌……

奶奶有一张她十分珍爱的照片，那是她和爷爷年轻时的一张黑白合影照。从小，奶奶就指着照片给我讲爷爷。爷爷是在我5岁时去世的，所以我对爷爷的印象是模糊的，照片上爷爷很威武的样子，目光炯炯，穿着整齐的中山装。爷爷身边是娇美的奶奶，奶奶年轻时的样子用“娇美”这个词形容是最贴切不过的。照片上的奶奶目光纯纯地抿着小嘴，锦缎的衣裳在黑白照片上泛出丝丝光艳，长长的耳环穗子亮闪闪地垂下来，仿佛能听到细碎的声响。这张照片常勾起我对爷爷奶奶年轻岁月的无限遐想……奶奶是三川地方辛家庄一户家境殷实人家的姑娘，我经常想象锦绣的奶奶和读过书的爷爷在三川大地上度过的一段美好的日子，他们养育了一个敦厚善良的儿子、三个读过书的美丽如花的女儿，生活得殷实而富足。奶奶具备了土族人家女儿所有的优秀品质，她聪慧、能干，她的针线、茶饭在爷爷所在的村庄有口皆碑，奶奶曾经是一个多么幸福的女子……

后来，爷爷去世了。奶奶以坚贞的守寡生涯回报了爷爷曾给予她的幸福。那个时候，她唯一的儿子在百里之外的县城工作，51岁的奶奶领着她的两个小女儿以及我这个寄养在她膝下的小孙女，坚强地支撑起爷爷留给她的家。那时候，奶奶的悲伤和痛苦淹没在没日没夜的劳作中，生产队分配的所有活计，都是奶奶领着弱小的姑姑们去做的。她们经历的辛苦我是在长大后才体会到的。

生产队时代，所有的收获是要用工分来计算的。我们家的工分，主要靠奶奶一个人挣，我们的工分实在太少了，每次生产队分东西，轮到我们的总是最小、最少的一堆。就那一小堆东西我和奶奶还得十分辛苦地扛回去，看看别人家，常常是摞了高高的一车，一大家子人拉车的、推车的，说说笑笑轰隆隆而去，这个时候奶奶便叹口气说自己的工分太少，所以分不到什么东西，那些东西不外乎是一堆土豆、一堆玉米或者一点儿辣子、西瓜什么的，异乎寻常的少量使我感受到了弱者的滋味。有时放学后跑到地里去挣工分，比如在炎阳下割麦子，在深秋的寒风里挖土豆，甚至在深夜里跟上邻家的婶婶去浇地，所有的农事都历练过了，小孩子家终归挣不到几个工分，知道自己的忙碌与辛苦挣不回工分，奶奶的辛苦就成了年少的我心头的痛。那时候，就渴望父母也是农民，像邻家的叔叔婶婶一样在家中忙碌，挣回我羡慕已久的工分……

最爱和奶奶在自留地里播种、收获。呵，那些曾经青翠地生长在庭院周围的玉米、芹菜和萝卜。也许，曾经跟随奶奶播种的经历使我永远走不出泥土的芳香和种植的渴望，至今，在我城里的家中，十几个花盆里郁郁地生长着我每年播种的麦子、大豆和喇叭花，我能从这些茁壮成长的植物身上闻出老家庭院里清醇的泥土的滋味……

那些星星闪烁、流萤飞舞的夏夜，奶奶和她的左邻右舍们在核桃树下纳凉，我们或在村巷里嬉戏，或在奶奶膝下听故事，月宫、姣姣女、远山背后的世界……童话般的遐思便是从奶奶的故事里扎根在心里的。

还有那些深秋的清晨，奶奶领着我去扫取那些金色的落叶，因为工分少，从生产队分得的麦衣子不够我们煨炕，满山遍野的树木那红的、黄的叶子呵，深秋的树林，鸟鸣山涧，我们一老一少舞动着扫把，堆起了落叶的小山……

还有那些温暖的冬日，热炕上，奶奶教我土族姑娘的看家本领——刺绣。那个时候，奶奶平日放针线家什的小箩筐是我的至爱，那里有七彩丝线、美丽绸缎和精美的花样图案，我和奶奶飞针走线，针扎、枕片、鞋垫，多年以后，在奶奶的炕柜深处还能翻出我的那些处女作……

经常出现在眼前的，是一盏油灯，我在油灯下写作业，火苗跳跃着，映出坐在炕上手持念珠的奶奶的身影，耳边是奶奶亲切的声音：乖丫头，长大要当女秀才哩……

转眼间，我就托奶奶的福到省城读大学，我这一走，偌大的庭院就剩下奶奶一个人。对奶奶的牵挂成为后来岁月的一种习惯，可是，直到奶奶病倒不能讲话时，我才体悟到寂寞和孤独是如何压倒这个坚强的老人的。

我在一首诗中写道："果实般红硕的子女们撒落四方，谁是你寂寞星空下无言的陪伴……"今天，我才了悟这些苍白的字在奶奶的坚强面前都是黯然失色的。

奶奶，此刻我如何能不为您献上一首深情的"英加依拉"呢？在我的家乡，丧礼上，亡者的子女们要哭唱丧歌——"英加依拉"，丧歌的哀切感人与否，就是对亡者人生追评的生动与否！那一刻，奶奶，当清晨寒冷的泪水拂过面颊时，那一根护送您灵魂进入极乐世界的香已袅袅地熄灭了。奶奶，那一刻，我的心颤抖着，我们相依相伴过的庭院颤抖着，我在行将崩溃的悲伤中，突然就抓住了从小聆听过的丧歌那悲怆的旋律，奶奶呵，当"英加依拉"的节拍准确地传达出我的悲伤时，多少年的思念、爱恋、不忍、不舍和感激之情都被交付给了这深情的旋律，交付给了您庄严的灵堂，交付给了长眠不醒的您……

在您出殡的时刻，阴阳先生掐算出带路撒纸钱的人应该是我，您疼爱的孙女。奶奶，一生引领我的人是您，那么，这一刻，就让我引领着您走向列祖列宗安憩着的极乐世界吧。这熟悉的土路上，多少年不曾有过我们相依相伴的身影，奶奶，就让我伴您最后一程……

在丹阳城

我是乘了三川五大堡的优美传说的翅膀，在这个绿茵茵的春日里走进了一座古老的城——丹阳公主的丹阳城。我无法相信在我熟稔的民和三川五大堡，竟然还有一方我从不知晓的土地，何况这土地还隐藏着一个吐谷浑女儿和她美丽的人生。我看到这繁华的城里车马往来，房舍依次，城的一方有一座华彩的庄廓，里面住着英姿飒爽的丹阳公主。

其实，那一刻丹阳公主正拖曳着碧绿色裙裾，轻声哼唱着《阿里玛》，在门前的核桃树下荡秋千。荡呵荡，青春和青春季节里芬芳的情怀一同荡漾，憧憬和憧憬岁月里羞涩的笑靥也悄悄绽放。我甚至看见她走下秋千架，走向她自己温馨的闺阁，四周的墙上挂着她亲手刺绣的五颜六色的荷包。有一枚心形荷包上绣着一枝红艳艳的梅，梅枝上落了一只乌色的鹊，这枚耀眼的荷包下端垂着一束金黄的丝穗。西天的晚霞亮亮地映照着城里温暖的人们，丹阳公主捧起那枚垂着金黄色丝穗的荷包，对着晚霞出神，她和她的城一同沉醉在那个宁静的黄昏里。

什么地方有狼烟升起，城在人群的惊慌中凛然孤立，城里的公主来不及挂好那枚精致的荷包，外敌的刀枪声已隐隐传来。一场战争就突然逼近了这座宁静的城。我站在残破的城墙下对着传说想，应该有一个大哥，一个骁勇的大哥，持刀守在妹妹的闺阁前，丹阳公主应该是那个幸福的妹妹。但我相信扔下荷包提起宝剑的丹阳公主根本就没想到自己还需要一个大哥的帮助，她是风里雨里亲自闯过来的女性呵。我看见了公主在挥手，那是一个女子的号召，我看见了城墙下男男女女为这一挥手而振奋的景象：弓箭、土炮甚至童年人的弹弓、抛儿石转眼间摆满了宽阔的城墙，家家户户蒸起了助战的大馒头，往日的袅袅炊烟亦如战火硝烟飘散在城廓内外。激战，一场接着一场，女领袖的城岿然不动。断水、断粮，城里的人在饥渴面前看一眼他们坚固的城，个个奋然。激战，七七四十九天的激战呵，外敌疲惫的思乡曲断断续续地响起时，城里的人却在饥渴中沉沉睡去，长眠在激战的间隙……

川里的风吹起公主的长发，有一滴女儿泪缓缓滴落，渗进城墙上绵绵的黄土中。城堞前的公主对着那些远离故土来惊扰异乡人的外敌长叹，公主的叹息在宁静的星空下久久回荡。外敌的刀枪纷纷跌落在悲壮的孤城下……是哪方神灵看见了这个三川女子扼腕长叹的身影？是哪方神灵慈悲为怀托起了这片土地的一线希冀？传说中一只金凤凰自远天翩翩飞来，瞬间驮起了泪水汪洋的公主飞向远方……

公主真的就那样飞向远天了吗？她的千年万年的城还安详地挺立着，房屋可以焚坍，街巷可以覆没，而城却在风风雨雨的岁月里坚固地挺立着，公主慧眼抚摸过的黄土城墙，经风历雨，苔藓累累，城里的彩陶瓦罐以碎片的方式重新组合。甚至当城终于化作一片肥沃的良田后，犁地的老农还能捡回一枚古钱、一粒翡翠。我的奶奶在 70 年前做小姑娘时，她的娘家爹就从城化的沃土里刨出过一枚精妙的“拉贝”。奶奶还告诉我，小时候缀在我发辫上的那枚拉贝就是从丹阳城里捡来的。我惊奇于奶奶的话，天哪，我身上一直就戴着丹阳城里的东西，而我竟不知有一个叫丹阳的公主和以她的名字命名的城。我惭愧而伤感地抚摸着这枚放射着乳白色微光的拉贝，手心里却传来丝丝悠扬的声音：

卡然卡吉盖
卡然卡吉盖
在渡过那宽阔的黄河时
如同针眼里透出来的一样
从姑娘的眼眶里
泪水不住地流淌

这熟悉的歌谣如此真切地回响在我的耳畔，丹阳城里来的拉贝呀，是你在神奇地播撒着这支歌吗？其实，拉贝和歌都早已生长在我的心里。我不敢妄想这枚拉贝曾佩在丹阳的发间，但我相信丹阳也一定佩戴过这么一枚精致的拉贝……

我感到有一种力量把我推到了城墙根下，我抬头仰视那覆盖着苔藓和青草的墙壁，发现那里也零星地伸出一角一竖的碎陶片，我伸手摘取这生长在城墙壁上多年前的陶片，摘呵摘，好像摘果实一样地兜了满满一手绢的陶片。这冰凉的陶片仿佛一些冰凉凄冷的目光在我眼前盘桓，禁不住这目光的注视，我仓惶地走出这宁静的城。猛回头，方方正正的城依旧凛然。我感到自己渺小下去，渺小成一滴滴的泪，在自己的嘴角咸咸地流淌……泪眼模糊间，我看见了一方石碑，是青海省人民政府 1986 年立的省级文物保护的石碑，上面写着四个大字：“丹阳古城”。

听纳顿、品纳顿

等到麦子金黄的季节，只要银色的镰刀闪过，黄河边的故乡就猛然间沉醉了，沉醉在丰收酿造的欢乐里。

纳顿节到了。被誉为狂欢节的纳顿节是青海省民和县三川土族人民一年一度的盛会。我不知道在过去，这贫瘠的土地是怎样以纳顿的方式向冥冥中的神祷告丰收的喜悦和企盼丰收的心愿；也不知道这狂歌欢舞、以歌舞媚神的乡亲们是否分享了歌舞的欢愉。

筛子大的白面馍馍蒸熟了，心中的神请到了，欢乐的会手们都集合在了村子里最吉祥的地方，看纳顿的人们川流不息。川流不息的人们，把整整一年的期待和渴盼，痛快地宣泄在丰收的日子里。远远地，就听到了纳顿的声音，纳顿的声音依旧是低缓凝重的鼓乐，依旧是朴拙厚实的舞动。一年年的光景都是这样过着，在依旧如故的节奏和旋律间，人们脸上的笑却越来越漾出幸福的意味。人们一年年川流不息地行走在这些尘土飞扬的村路上。最耀眼的自然是花花绿绿的阿姑和媳妇们，赶会的路上，处处撒下她们的欢声笑语。当村路越来越宽阔、平坦的时候，迎来了土乡的嘉陵摩托和天津大发，最先富起来的人们就这样骑着摩托，乘着大发，和骑毛驴的大爷们并排穿行在通向纳顿会场的土路上。

那是一片金色的土地，刚碾过今年丰收的麦子；那是一片吉祥的土地，新鲜的麦花还散发着香气。是啊，只要有麦子的香味，就有汗水的香味和笑语的“香味”，这里就是一片金光闪闪的吉祥地。神啊，在你亲切的护佑里，我们有了金灿灿的麦子；神啊，是你给了我们麦子般充实的日子。这是遥远岁月里感恩的呐喊，神像前琳琅的供品使我想起这声音。这坚如磐石的声音升起在人们心头时，欢庆的纳顿拉开了序幕。

幢幡飘起来了，夏日的纳顿会场如麦浪般涌动起来了。会手的队伍走来时，人群沸腾了。欢乐的锣鼓敲响了整整一年的渴盼，心血和汗水换来的丰收呵，在这些朴素的人群里化作了两个字："大——好"。这高昂欢快的"大好"声此起彼伏，大好的日子、大好的心情，就那么自然地流泻在每个人兴高采烈的脸上。大好，这是真诚的祈祷，这是情意的交流，这是对岁岁年年的三川土地最好的祝愿：一切大好。大好，神轿被虔诚地抬进了会场，心中的神就护佑在身旁了；大好，和这块土地一样爽朗的老人们擎着彩旗步入了会场，他们把沧桑的心愿挥成了一种号召；大好，欢快的鼓手和锣手，是你们让真正的喜庆敲遍这里的山山水水。大好呵，年轻的会手们，彩旗和柳条轻拂着你们刚刚从淘金路上带来的一路风尘；大好呵，三川土地上的老老少少。今天的纳顿会只有一个主旋律，那就是人丁安康、五谷丰登。各种阵法摆起来了，一字长蛇阵、二龙戏珠阵、八卦阵、龙门阵……变换不定的队形里，蕴涵了太多太多的故事，我只看到一种力量在这里升腾，这种力量就是三川的风骨。

欢腾的会场也有宁静的一刻，“唱喜讯”的时刻到了，人们屏住呼吸，聆听着这悠扬的歌唱，这歌声是纳顿节所有欢庆仪式中唯一的歌，因此它格外动听、格外令人遐想。部分赞颂神灵的歌词在过去的岁月里曾使人们匍匐在神的面前，而今却使我们感受着民族文化的凝重和图腾崇拜的神秘。更多的歌歌唱着庄稼丰收、人畜兴旺的现实和未来，这是庆贺，这是希冀，这是三川人祖祖辈辈的心愿，它在这些温暖的夏日里，在人们心头亲切地回响。

鼓点更急的时候，熙熙攘攘的人群热热闹闹地围拢在一起了，面具舞表演开始了。《庄稼其》《杀虎将》《三将舞》《五将舞》，目不暇接，纳顿进入了高潮……

七月艳阳高照，七月的土乡沉浸在狂欢的豪情中。纳顿，和麦子一起迎接成熟，浸透着麦香。纳顿的蒸饼大，它是金黄的麦子的精魂；纳顿的情意浓，它由辛苦的汗水凝成。耕耘的艰辛孕育着收获的喜悦，这一刻就以狂欢的姿态凝固在七月无风无雨的日子里，凝固在黄河岸边的三川地方。

故乡的纳顿，我目睹了你彩衣飘飘的喜庆，感受着你高吟缓舞的意绪，体会着你聚拢人心的朴素，不忍离去。不忍离去还因为你给了我这颗已远离你朴实博大的心以大好的情怀，可知道在远离你的地方，那朴素的大好正在一寸寸丢失。看纳顿，我看见了故乡的红火；听纳顿，我听到了三川的脉搏；品纳顿，我品出了土族人的品位。

纳顿呵，大好……

拜谒宗喀巴大师自画像

在研究唐卡、组织唐卡专业的学生深入宗喀、热贡等地寻访、拜谒、临摹珍藏在各地寺院的精美绝伦的唐卡艺术时，我从内心深处期待着一幅传说中神奇的唐卡，这便是供奉在我的家乡青海省民和回族土族自治县卡地卡哇寺的《宗喀巴自画圣像》。关于这幅唐卡，学术界评价很高，认为是帕竹时期彩绘唐卡的代表作。在民间，把它和远离宗喀振兴佛法的宗喀巴大师、大师美丽善良的母亲香萨阿切联系在一起，编织出一段神奇感人的故事。

传说大约是在明永乐年间，宗喀巴大师的母亲香萨阿切十分想念自己远在拉萨讲经弘法的儿子，便托一位赴拉萨经商的安多商人给宗喀巴捎去自己的三根白发。宗喀巴收到母亲从遥远的故乡捎来的白发，感慨万千，便绘制了一幅自画像，用自己的鼻血开光后托这位安多商人捎给了母亲，并告诉这位商人此像能和母亲畅谈三天三夜，可宽慰慈母。就这样，这幅凝结了宗喀巴大师母子亲情的唐卡画像，便由这位神秘的安多商人携带到青海，有人说供奉在塔尔寺大经堂内，又有人说，那是安多商人仿制的，真正的画像，珍藏在卡地卡哇寺内。卡地卡哇寺在藏区有着崇高的地位，传说安多地区各民族信徒去西藏朝拜前，应先去卡地卡哇寺礼佛，这便是“不拜卡地卡，何来三大寺”这一说法的由来。

卡地卡哇寺深藏在幽深的措坎大山中，弯弯曲曲的山路在大山静谧的怀抱里延伸，近十里的山路上行人稀少，我们向在路上遇到的三位结伴而行的路人询问卡地卡哇寺的方向，他们亲切地给我们指引道路，阳光般的笑脸使我们感觉到前方卡地卡哇寺的温暖。

路过一所学校，山路右侧苔藓斑驳的土墙吸引了我们的目光，我们下车，想看看这高大厚实的土墙的秘密，走到路边才发现土墙一侧有一圆形天然门洞，里面蹦蹦跳跳闪出一个十来岁的小男孩，我问他墙内是什么呀，小孩说经堂呗，什么经堂呀，卡地卡哇经堂。哦，早听说卡地卡哇寺坐落在一古城堡里，果然，这古老的土墙环抱着的便是神秘的卡地卡哇。这突然的发现，给我们环绕山路的沉寂旅途带来了一丝震撼。从古城堡的圆形门洞屏声静气地走进去，向左一拐便是卡地卡哇寺新修的山门，传统的藏式风格，华彩动人，气宇轩昂。寺内很安静，远处堆放着砖瓦、木材等，寺院好像在搞基础建设。前方是较大的殿堂，想必是护法神殿，大门紧闭，我从右侧的小门中探进身去，护法神殿大门上倒立的人形图案吸引了我，大门以传统红色为底色，边饰两层波纹形和工字形连续图案，最里面则是密集的人头骷髅连续图，两个黑发大眼的裸体人像被倒缚在门上，脚踝、手腕处用铁环系扣在门框上。我走进空无一人的护法神殿，这刚刚修建竣工的殿堂，装饰华彩，但殿内的供桌、香案、酥油灯等法器，看起来又古朴陈旧,散发着久远的气息。卡地卡哇寺的护法神名谓“桑给拉吉”，汉译为“狮子护法”。大殿左右两侧的墙上还绘制着《和睦四瑞图》《六长寿图》等精美的藏传佛教经典图案，用笔细腻，画法生动，色彩明艳，据说是热贡艺人绘制的。退出护法殿，从一小便门走出，便是大经堂的院落，院落右侧是一排僧房，左侧是几间低矮陈旧的看起来年代十分久远的厢房，迎着北方拾级而上，便是巍然的大经堂，经堂里传来熟稔、亲切的诵经声，右侧僧房里有几个人在忙碌着，好像在做饭。大经堂里弥漫着幽然的酥油灯的香气，正中两排卡垫上面对面坐着近十位僧人，他们正裹紧了袈裟，在专注地诵经，我用敬畏的目光环视着华彩的经堂，渴望发现那怀想了许久的唐卡。这时，一个年轻俊朗的僧人上前来和我们打招呼，并热情地帮我的友人将哈达等供奉在佛前，友人说，天涯海角，只要有佛的目光慈悲的照耀，你就是一个幸福、幸运的人。年轻僧人停在一幅镶嵌在玻璃镜框内的唐卡前，自豪地说："这就是我卡地卡哇寺的宝贝佛宗喀巴大师自画像。"我仰视着这幅被信仰和传说播扬得神秘、神奇的唐卡，竟然泪湿。这是一幅长二尺、宽一尺半的唐卡，由宝蓝色做底，金色、红色交织的碎花丝绸做玻璃镜框的底衬，唐卡由金黄色碎花丝绸和红底金色碎花丝绸一层层装饰装裱，唐卡的底色是绿色，宗喀巴大师居中，结跏趺坐于莲花宝座上，头戴黄色班智达帽，身着法衣，双手作表示讲经的法轮印，双目微启，神态安然，背光处奇花摇曳、祥云缭绕。在泪光中、在玻璃的反光中，我看不真切完整的画面，拍回来的照片上宗喀巴大师像天地两界的佛尊像也看不真切。查阅相关资料，格桑益希先生在《藏族美术史》中谈到《宗喀巴自画圣像》时描述说："天界顶端绘三尊像，正中为不空绢索观世音菩萨，三面四手，头上以无量光佛为饰，右面第一手于膝上作胜施印，第二手执天杖，左面第一手持宝索，第二手反转手掌。右角绘曲结·登朱仁青师像，左手作讲经手势，左手持乞化钵，左角绘邬玛巴上师像，右手握金刚杵，左手拿法铃。大师左右侍立两位上首弟子，右面一人作讲法姿势，左面一人持经函。画像下亦绘了三尊像，左右角为吉宗红黄文殊菩萨，结半跏趺坐，右面莲柄上是宝剑，左手作胜施印，左面莲柄上是金刚，两像之间是十一面观音菩萨像。"珍藏在卡地卡哇寺大经堂内的宗喀巴自画真像，色调柔和，以绿色为主，结构严谨，讲究对称。宗喀巴大师是藏传佛教四大教派中影响深远的格鲁派的创立者，相传他是文殊菩萨的化身，他的身像符合藏族传统绘画所要求的三十二相和八十随形好，画面优美和谐，感人至深。

卡地卡哇寺年轻的僧人见我们痴迷于这幅宗喀巴自画圣像，便给我们讲起了这幅画的来历。民间传说中那个隐去姓名的神秘的安多商人，在卡地卡哇地区，可是家喻户晓的人物，此人名叫桑黄诺吾藏布，人称乔国师、乔太爷，是静宁地方乔家人氏。作为安多商人，他是宗喀巴在西藏的乡亲。当年，宗喀巴大师的母亲香萨阿切的三根白发就是乔国师带到拉萨呈给宗喀巴大师的，而那时正是大师弘扬佛法，创立格鲁派的关键时刻，看见母亲的白发，感慨不已的大师便自画一幅唐卡像，用自己的鼻血开光后，交给了来自青海故乡的乔国师。他告诉乔国师，此画像能和母亲说上三天三夜的话，笃信佛法的乔国师带着这珍贵的画像回到家乡后，便把这幅画像供奉在了卡地卡哇寺，同时请人画了一幅一模一样的画送给了香萨阿切。也许是乔国师虔诚礼佛的心意感动了佛祖，这幅仿制的画送到香萨阿切面前时，虽没能讲三天三夜的话，但却叫了三声“阿妈”，安慰了母亲的心。

年轻的僧人讲起这陈年旧事时，脸上有无比自豪的表情。我问他，乔国师换掉这幅画像的事你怎么看？他笑着说，那是为了弘扬佛法的事业嘛。我们这地方的人们很感激乔国师，还在寺里给他塑了像，并指着一尊塑像说，这就是乔国师。只见乔国师慈眉善目、和蔼可亲。可见当地老百姓十分尊敬他。年轻僧人又指着环绕寺院的古老城堡说，这个古城堡大约有 60 亩，听我太爷讲，卡地卡哇寺是由宗喀巴的弟子所建。当初兴盛时有 13 座经堂、8 个金瓦寺。历史上毁了三次，20 世纪 80 年代以来才修复成这样。当年在拉萨，还设有“卡地米参”（藏语音记），相当于卡地卡哇驻藏办事处，据说卡地米参的原址至今还在。这位热情讲述的年轻僧人法名叫扎西尖措，汉族，1976 年出生，是附近静宁村汉族人家的孩子，上小学三年级后入卡地卡哇寺学习，他指着经堂里专心诵经的一位老僧人说，他是我的太爷，刚入寺时我是跟太爷学经的。前面给你们讲的那些，都是太爷告诉我的。扎西尖措说除了这幅珍贵的大师自画像，卡地卡哇还有珍藏 800 年以上的时轮金刚像和拉美措（藏语音记）像，还有 600 多年前明朝皇帝朱元璋赐的印章，可惜在 1997 年的时候被小偷盗走。在我们一同为这些珍贵文物的丢失叹惋时，另一名热情的僧人从自家拿来了一张印有明代皇帝所赐印章的纸条。纸条是从学校常用的笔记本上撕下来的，只有半页，上面有“……所以四方仁人、善士、君子请给予慨解义囊，捐资成美，则功德无量……”等铭文，就印在“此致，敬礼，卡地卡哇寺管理委员会，农历一九九二年六月十日”字样上，这位有心的僧人留存下这张显然是寺院化缘酬资的文件，没想到竟留下了已经遗失的印章铭文。年轻的扎西尖措如数家珍，卡地卡哇寺还有一座新近维修一新的佛塔，耸立在经堂右侧，名叫燃灯佛牙塔，塔内珍藏着燃灯佛的牙，还有三粒鸡蛋大的青稞、用金汁书写的《甘珠尔》和无数宝贝。大经堂左侧几间低矮陈旧的平房，据说是1958年前的护法殿，殿内现存放着一些维修用的木料，四壁上精美的壁画在1958年来临时被刷上白粉，外侧门楣上、窗框上依稀能看到当时彩绘的一些痕迹。

心仪已久的卡地卡哇寺，给了我期待中的惊喜和温暖。那一日从寺里回来后父亲说，你的太爷年轻时就在那里当过僧人，后来因为家中有变故而还俗了。父亲的话，又使我心头一热，原来和卡地卡哇的缘分起自祖上，我想，至少这古老的城堡，被我家太爷年轻的目光抚摸过，至少这珍宝似的唐卡，曾注视了几代人虔诚的容颜。想起临走时在风中挥手的扎西尖措，想起扎西尖措期待着住持窦家活佛从拉卜楞寺学成归来的美好时刻，我感觉，卡地卡哇寺温暖的光芒正从措坎大山冉冉升起。

祁建青

我所认识的两条河流和一条哈达

祁建青，当代著名军旅作家。土族，青海省互助县威远镇崖头村人，1956年12月出生。出版散文随笔集《玉树临风》《瓦蓝青稞》，主编《青海美文选》《青海美文双年选》。

我所认识的两条河流和一条哈达

一

那一张张被烈风与紫外线吹灼而呈紫铜色的面孔，是青藏古大陆主人特有的面孔。我这里所指的，不光是土著世居的藏族及其他民族，不论你来自哪里、肤色何样，只要在高原居住下来，无须多久，脸颊很快就会变得黝黑赤紫。

这是一种伤，一种不流血的硬伤，是人类在世界屋脊上长期同大自然严峻对峙的烙印，虽无殊死惨烈，却委实比别处深刻真切。高原大风日多，强紫外线犹如簇簇利箭——人们以为戴个什么就能挡住，其实差矣，它落到地面还会反弹回来。与之一样无所不在的当属氧气的大幅度缺失，迫于供氧，人体血液中承担输氧的红细胞陡然增多，人们个个嘴唇青紫、面色沉黑的主要原因就是这些。

我不厌其烦列举这些常识的意思是：一切均未能阻挡更不会吓倒人们。要么挺身去面对，要么被震慑征服，是每一个高原人自生到死时时面临的宏大课题。在我和我的先辈们生活的高原，人就这样总处在一种防卫抵抗状态中。而我知道，他们大多往往并不在意这些。我是说，他们身上有一种耐性和力量已全然形成本能。

那简直是一件完全被迫无奈的事情，但人接受了，接受得可谓欣然，抱怨有何用？因为你别无选择。经历过的苦与难，在连续已克服与未克服的来回拉锯中解决又出现，知难而进的人们总善于掌握主动，化不利为有利，使自己逐步适应并站住脚。身体内外伤痕累累的他们，就这样得到了重塑甚或再造，以超常的代价获得了生存的本领与公认的成功。

如此，在我眼里，这就是一张张胜利者的面容。我自问：现今人类，恐怕仅剩这一支还毅然决然地与一种天然大困境苦苦厮守而时时交锋吧？否则，他们为何从未想到要离开和搬走呢？或者意在最后的胜负还有待见分晓？

在这里，人和自然的矛盾关系如此直露——双方既是朋友，更是对手。对此，雪域人的宗教精神世界诠释得最生动典型：整个物质界既是泛神的，不可不敬畏膜拜并总在制约而罚“我”的，更是与“我”同在的、可依赖信任并时时帮助而护“我”的。矛盾吗？不。矛盾既因人而立，必将由人来解，终归的定位不会是别的，因为人类总处在一个主体位置上，哪怕是在极被动的境遇之中。所以在我看来，在这片高寒大陆上生存的人们，是一群奋进于严酷自然界的勇士，命里注定一代代都不会退缩屈服逃逸他方。

但是，令我更感兴奋的是他们特有的身份。在青海，具体说在青海南部，有这样一群人与中国两条最大江河之源同生同在。这是一个什么概念？少说，他们也是中华母亲河最初开创并产出的见证者和陪伴者；进言之，他们既是长江、黄河水源的最先受益者，又是源头之水世代相袭的守护人。

二

面对河流我陷入思索，一条河流从发源到成形一直到海洋需要多久？那会是一个何等漫长的过程！6300 公里的遥遥长江与 5464 公里的浩浩黄河，沿途开山辟路极尽多少周折反复，一步步终于奔流到海，一共用了数千年还是数万年？

这笔账不好算。我想求的是水被创造成河流的那段第一时间。静心想想，从第一股水流出那日起，由涓涓潜行到汹涌奔泻，起落不定，时而无影时而猛现，左冲右突，或急速或迟滞，直到入海终成河流，该时间依何可以算得？

这是一场自然力的暴发与初创。要在本无河床的大地上辟出一条路，尤其是在万山阻挡的高原，真像登天一般难。而在无数次的冲击抗衡之中，水实际上一直在牺牲和消失。因此，所谓第一股水，早就不复存在。

但是，我们总还可以找到起点。这便是青藏大陆形成的地质时间，据考当在上亿年前中生代即喜马拉雅造山运动时期。那一番倒海翻山、惊天动地，而今谁能想象得出来？我思忖，那首先可能是缓慢的和常常静止不动的。现在，我们有幸目睹时间和空间坐标上这场伟大物质运动的结果形状，是的，我们目睹到了结局：坚硬的地壳居然泥一般被层层推挤隆起，造成由偏西北朝偏东南走向的十几条大皱褶，依次为下列煌煌赫赫大名山：

喜马拉雅、冈底斯、唐古拉、念青唐古拉、昆仑、巴颜喀拉、阿尼玛卿以及祁连诸大山脉，还有形成南、北两面巨型边缘的横断山、阿尔金山。天地岁月，好大好大的手笔！

其中，昆仑山最早生成，古地中海最后退去。能将一个古海洋和盘顶出取而代之，必是一个更强更大的物质体系，这便是当之无愧最高大的喜马拉雅，自然也就是当今世界最年轻的山峰了。

没谁能够记录下这个历程的各段史实。因而，在人类的头脑中也无丝毫记忆可言。太久远了，久远得肯定已大大超过人类的祖猿。不难推测，其时强地震波及全球。失去原有环境的恐龙等一系列主体物种一一灭绝。亚洲东部地理随之进入冰川期。黄河像跟着消失。

此系天意否？此系天意无疑。亦该说不幸中有万幸。因为，后来整个事实发展的经历与结果已经彻底证明，地球演进史上所有变故带来的种种牺牲，都是为人类和人类文明的出现奠基。

也就在这时，有一股神秘之水，随着大陆的猛烈上升在岩层间曲折渗透、悄然上涌。此次一反常规的“水往高处流”借助于地壳变动生成的压强。当这场地质运动渐渐停歇，某日，一处又一处水汩汩冒出地面，且慢慢浸淫开去，混沌沉落，清气上升。曾经极度惊恐的古原，在一个从未有过的新高度上归于宁静。

事实上整个三江源区，除来自地下的水源，还有因高寒而直接冷储于雪线之上的不可数计的天空降水。我以为，那源于山巅出于山谷的冰川，正是地下涌水和云雨降水历经若干年代反复积结融冻的产物，正是一条冻结的固体的河。当地人言："三江水源既来自地下，也来自天上。"其理该当如是。

如此看来，没有青藏高原的突兀抬升，就不可能出现长江、黄河等水源流泻而下，此结论不过仅为其一；更重要的还有其二：长江、黄河诸大水系，究其物理脉络，皆来自同一个大的根源，而并非人们习惯以为的各是各的。

事物变化万般精妙，人类更是幸运无比。涓涓河水由小而大而渐远，听那水声，四下里仿佛重新睁开了眼睛，天地乾坤充满对生命新世界的安然期待。

三

长江、黄河这对姊妹江河，当在同一地理时期一起涌出青海南部高原。

我曾说过，这里原本是存在一个问题的，即假若没有巴颜喀拉山大分水岭的隔断，这对江河就极可能会汇为一股。这将会是一件极其尴尬而要命的事情。

所以，接下来的情形就不能不令人惊异！它俩仿佛早有商量约定，各领使命而一个向北、一个往南，风风火火，日夜兼程。那情势，分明像要争分夺秒去驰援，像要不辞千里万里去拯救。而就在北上南下后不久，又折身相向奔流回来，犹如已经输送和带回了什么（此一大来回意义非同小可。一路的开发浇灌、播撒孕育和生长成熟正如一次起、转、承，确定了这一流域在先期文明中的始创地位），最后它们双双挥师向东。这个全程面积达256万平方公里的流域，恰为华夏文明延续发展的根脉所系或流向路线所在。

此时我们也许会忽地想到水质问题。我们会想到，它取决于南方和北方的岩土质地。这大约是两大江河随后气势风格迥然不同的关键因素之一。挟沙带土的黄河粗砺阳刚，相形之下，长江舒缓浩淼，几近平顺温柔有余。

一方水土养一方人。不消再说，南方与北方的两河文化特色与两个流域人的性情特征，也因此才得到了不同的塑造养成。

我觉得最耐人寻味的是黄河，它一出青海，即一下青藏高原就掉头朝北，好似肩负了一项更特殊的任务，咬定了全力向上——那要去的地方既不平坦肥沃，也不温暖富饶，反倒高而又冷、干旱缺水、山荒地贫，可知黄河北上何其不易！又不可思议的是，它一直上到内蒙古和整个黄土高原，十分尽兴地一拐、再拐、又拐，一连弄出三个大直角河湾后，硬是与长江拉平了姿势并驾齐驱。

这便是历来叫人刮目相看的从子午线110°起，两条江河同时以等距奔流入海——对于东方古文明来说，就活似得到一双巨轮，由此被架起滚滚前行，终于打造成一片于后世中国至关重要的中原大地。

如此这般，一支人类文明的成熟壮大已成必然。这一双大河流，完成了历史性的大造化，也便可以放心入海了。

然而，再回过头看，水量水质也好，流速流向也罢，一种大的放心说到底还有赖于源头是何状况。说起这个真让人无限欣慰：世界第三极在发源了亚洲众多著名河流之同时，也养育了十分爱水惜水的高原众民族，又由他们创造出独特的文化风俗，有关这一现象，当我获知青藏高原乃地球南北两极之第三大地理支点，便满满信服全在情理中。

真诚地保护水，乃高原牧民约定俗成的信条守则。人们把河流湖泊等一切水奉作至圣至尊，人人敬畏，绝不含糊，说一不二。污水和糟蹋水的行为均被视为大不吉而遭唾弃。抑或更加深谙明了的是，高原上的所有水皆为源，为开初原始的新鲜之水，刚刚生成的水于生命岂不百般金贵？

由此及彼，敬水而及水中游鱼就顺理成章。高原人视野生动物为友邻，自觉保护而坚持禁猎，牧区人不食河中之鱼，这一典型习俗实属中外罕有。以至于若遇有人撒网下钓捕鱼，他们会上前阻止，甚至掏钱把鱼买去放生，不管是否已经得罪于你。

四

我实际上已经非常具体地告诉了世人：黄河、长江还有澜沧江等上源之水是优质纯净的，其优质纯净的实质含量，在我看来，人为因素甚至要大于自然。我们的高原民族早先秉承接受了谁的教诲忠告？何以能做得这么好？他们一代又一代如何延续且牢牢把握住了这些？说来说去，肯定还是全在于他们自己。

在中国，也是亚洲江河源地这个命穴之处，人类的头脑观念豁然迸发出大智慧、大慈悲，怎么看都是一件极其幸运而不得了的事情。也让我们同时领教了，高原大气象与人们的大胸怀好生匹配，美名由此传扬，相辅相成而不可或缺，水哺育了人，人报答了水，人与大自然一方面俨然对立，一方面和谐相处，此种生存状态是何等鲜明珍奇。

揣摸江河上源人们这种始终替水考虑的心境，是那样悠长绵远、那样深切冷静……

他们站在高山莽原上，就好像远远地望见了下游：在那几大江河流经的广大地域上，多少生灵在等水用水。是啊，人们应当能够看到，那是一个全世界最庞大的人群，水与之须臾难离、生死攸关。当人认清了此理，觉悟就大大升华：这源头之水并非普通随意之水，它是天地专门特意的赐予，不可不善待之——“我们不应该把水弄脏。不可不敬奉之！”一次在青南，有人就是这样亲口对我说的。这是不是代表水的宣言？这就是代表水的宣言。

如此看，中国这几条大江大河从开始流淌下来的，除物质的水之外，还有一股人类精神与情感的大关怀、大祈愿在里头，若说此水非彼水，而系人文、人道、人性精神之水，乃其他江河难以比拟，恐丝毫也不为过。

这就是三江源区数千公里的水流：开初源源不断，随后越发浩大，水中有学名“裸鲤”、俗称“湟鱼”的鱼，系一古老鱼种，限于水温低冷，其生长极是缓慢。但因长期受人保护，鱼儿数量十分可观。多年前在河源我曾见过满河是鱼的阵势，那鱼儿也不惧人，活像晓得自己享有特许礼遇。此鱼与下游彼鱼的关系，是否乃一些鱼类上古之祖？大概也八九不离十吧。

湟鱼早已被国家正式保护起来。想当初也就是20世纪60年代困难时期，湟鱼曾救过青海及临近省份很多人的命。不是数月而是成年的湟鱼把不少人吃伤噬了。提及此事至今叫人难以置信，那得数量多么庞大的湟鱼！

远眺河源，我看见水以气体、固体和液体三种形态，广布于空间的上、中、下三个层面，相区别又相连接。我看见，水，就这样从“无”到有，从“死”变活，由高到低，由不可见到可见，由远而近，一直流至我的脚下，使我面对的前景与背景若显若虚，如临仙境。

高原上湖泊星罗棋布，水质无不明澈碧透，雪峰、大莽原和白云蓝天倒映水面。岸边，嘛呢桑堆上红黄白蓝经幡飘舞，飞禽和走兽悠然来去。当我们置身其中，便发现此言亦并不夸大玄乎：“这不是我们人的世界，这是神的世界。”

五

望着滔滔河水从眼前远远流去，我默默怀想它的过去与今后。我明白，我看见的虽是现在这一段河流，但它必然已贯通昨日和今后的河流史。这就是我所看到的河流——

河流汹涌。河流漫长。河流湍急足见河床倾斜。河流平稳显示落差减弱。河流宽了，可知其选了条好路，且还有容纳的多多益善的余地。河流窄了，乃是左右有强物夹截，但必无他途可择，已属万不得已。

河流有首有尾。河流无声那是因为它离我们远了，其前锋早已到达；河流轰鸣是因为我们临近了它的声域，后继之水先声夺人，一浪紧推一浪。

但河流无始无终。最重要的是，河流是一个永动的运行过程，不停顿无止息。这就是我们所看见的河流，它是循环的。更确切地说，它是地球水循环之大圈上裸露的那一段，可知更长久深邃的是那不可见的部分。在我看来，这一部分有如人常说的，在人现世的背面，还有前生与往后来世的冥冥时间，如不可触不可见之暗物质，是难以尽说的谜。

河流随着季节与日月明暗变换着颜色。它是蓝色的，也是金色的、银色的，因为相对应晴空碧蓝、云霞火红、冰冻雪白——这最后一种，显露了水的纯粹本色。

河流在既定的航道上随时顺势调整着方向。河流只管自顾流不问其他。河流在整体位移，又层层梯次推进，但总有一部分被沿途甩下。这其中，还不算一路用于浇灌储蓄和饮用以及更大量的工业耗水。我要说的是请记住无论怎样，河水都不会算术级或几何级地减少，那样就算流到大海，河还能叫河吗？是的，河水在减少的同时也在不停地乃至成倍补充增加。这无疑就是所谓物质能量相对守恒。

如果能够观察河流的内部就会发现，它在无序中藏有多向的角度和丰富的层面，但总的走势已不可改变。一条河流也含有主流、侧流，有回涌漩涡，有高潮低谷。河流时紧时缓、一张一弛，一如它奔腾咆哮，但仍归于巨大的深沉。

河流如连续不可分的粒子流，像大股大股不可断的光束波，匀速而密布。不同的是，它能够那样任意地随意弯曲、折转、起伏。河流是无数曲线、波序和纹理交织的总和。

在地图上纵览河流形态，那模样如庞大的延伸于大地的根须，只不过，我们不能直观其上的枝干花叶，却能于理念中想象它果实的芳香在何处。河流的生命力尽然展现在它所沁润哺育的生命与生命再次创造的万事万物之上。

这就是人类的河流——如果它是干净澄澈的，我们会备感欢欣以至立即冲动起来，直想纵身泳入它的清波；如果它污浊肮脏，我们将不忍面对。一条垃圾漂浮、气味熏鼻的河流让我们哀叹诅咒，更深感汗颜无奈。而清理净化往往是好久以后才能办到的事。很多时候，人们就这样眼睁睁地看着河水或肮脏或清澈地流去。但也许，人们一直不会去想，河流一旦干枯，自己该怎么办！

这就是河流，它给人类恩典的同时对人的要求是并不高的。因为，水原本是无污的，是这样：水自始至终都是洁净的，水，甚至每一股、每一滴，从发源到入海，其质量纯度原只会增强而不削弱。

这就是我们的河流。它流经的时候，保持水的洁净是人与水共有的初衷。

我们不该把水弄脏。但是，在城市，在一些河段，在许多地方，河水真的一度被人们弄脏了。人们把城镇和自己收拾打扮得美而美，但水、土壤和空气被污染破坏了，代价是不是太大了些？这就是无语而光闪闪的河流，它映照人们虚伪的面孔，也映照人们丑陋的灵魂，它让人大声疾呼为河流说话，幡然醒悟，为了河流的神圣与光荣立马诉诸行动。

河流像动脉、静脉，大地因此永固而充满活性。这就是来自河流的箴言：每一段河流都是新的。在发源流经于陆地之后和消失于海洋之前，河流显示的是整个河流的现代史，河流是这样一种维系物质界诸存在方面的链接、载体和通道，或结构平衡，或疏通有无，或转换能量，但总在完成新和旧的生息更替。

这就是源自青藏高原的圣水，是多少比肩齐名的大河流啊：黄河，从青海就开始拐来转去，全程可谓举步艰难、足迹曲折；长江一段有一段的名字，先称沱沱河、通天河，后叫金沙江、川江、峡江，变化之多闻名可见。源出巴颜喀拉山的雅砻江、大渡河接连汇入，前者为长江上游的最大支流（随后沿途而来的嘉陵江、岷江、沱江、乌江，不在话下），长江前段水系怎不丰沛壮大？澜沧江、怒江顺西藏东部而下贯穿云贵去了南亚，所以如此皆因地形走势所致；雅鲁藏布江也是这样，不同的是，它在喜马拉雅和冈底斯两个大山脉之间，自西北向东南在境内一流就是2000余公里；还有印度河的上源狮泉河……

六

这就是河流：悠荡与优雅中充满飞扬的灵感和激情。河流的激越澎湃给人以审美启迪，而这还需要一群人整体的悟性与想象力。人们做到了，更不待言河流给予了这样的品格。这也正是河流活的灵魂，它令生命浪漫非凡，在山与水、河与人之间得慧心，运妙手，开辟了人类在高原极地的一大生态奇观。

河流是柔软而斩不断的。河流可双手掬捧。河流像一条飘逸的长带。

这最后的描述，酷如一条捧献在我们眼前的“哈达”形状的影子。

我如梦初醒，这就是高原众生心中的河流，它终究会归于一种抽象取意。

哈达，青藏高原特有的纪念礼物，我曾以为它永远会是一个说不清道不明的谜面。通常，哈达的寓意被解释作，献一条哈达象征献了一匹马。问及哈达产生来源，有这样一个解释：传说很早有信徒朝觐时，身无他物可献，情急中将衣布撕下一条奉佛，由此演化而成。这些都是叫人信服的。而现在，当我无意间将它同高原上两条大江大河联系起来，终于发现哈达的来历还可以得出另一解，它发乎人心而出乎自然，二者之间的对称映照竟然如此神似而奇妙！

这银白色柔软飘逸的真丝织物，犹如被截取来的一段河流，在人的手中以另一种风韵流淌。用一句欣赏术语来说，“既形象又象形”，以它为载体，来代表大高原众多河流的神圣与高贵，真是鬼使神差而气韵独具，岂不甚是简洁合适而妙在其中？

很抽象，但也很直观；很朴素，却也很雅致；是一个静静的物，但却那么有神，微风吹来，只感觉一身灵动……这就是哈达：它直接明喻表征着河流，它那精气神采整个儿就来自身边、眼前、现实、众多的大江大河。

一个事物如果从审美或艺术的眼光去看待它，便可能会发现另一番灵性与含义，也就为我们展开了想象的空间。原来，这搭挂在友人宾客脖项胸前的哈达，也是可以这样夸张地告诉人们的：在你的胸前，它一边象征黄河，一边象征长江，委实了得呀，象征着母亲河的哈达，如此这般眷顾亲爱着你，自然，哈达同时也代表雅鲁藏布江、澜沧江、怒江……

上一趟青藏高原，请带回去长江黄河。此非戏言，因为只要来到青海，你就能够做到。每每有人讨教：哈达应该放在家中什么地方？现在告诉你，应该挂在家中最洁净、尊贵的位置，这个讲究和答案，早就有说道。

关于哈达与河流之间的意义诠释当然仅仅是我个人想象中的说法了。可是，当哪天我们的僧人或导游真这么向人介绍，我想我不会感到意外和奇怪，我宁愿相信——它冷不丁给了我一个全新的角度，让我重开眼界审视和思考那些自以为熟悉的事物。还有就是它再次表明，不断赋予事物以新意乃人之本性，因为认知没有穷尽，它永远不会固定在一点上一成不变。

我一度为我的这一发现惊喜。也许我把握到了某种联系的缩结所在，它集中反映出事物内在的特征性和实在性：这是雪域人有心栽花、无心插柳的最富诗意的创造，一看便知是出自对大河大山崇拜的内心昭示，是对源头圣水生灵热爱、呵护、感恩的意念流露。那么我想，这种审美认识的获得迟早是会有的，因为一切文化习俗的产生都与其所处的地域环境密切相关，所谓有有源之水，无无本之木。哈达出现并流行于青藏高原地区，与哈达的故乡发源了世界上最多的大江大河，一目了然，是摆在我们面前的一个清清楚楚的客观现实，非如此才怪呢！

牧区崇尚白色。这雪域常见的色调，大而厚，纯而轻，更持续经久。白色的冰雪把高原大陆上所有最高最大的山峰都覆盖了，升落其上无所不超越。来自高远天空的纷纷雪片让人承接到某种信息，隐约感应大雪域卓绝秘境那自持自在的博大神魂。

金色青稞、黄色燕麦，广袤草原色彩万千。这样，哈达除了白色很普遍，也有蓝色、黄色、红色。但千万不要忘了，仍以白色哈达最显纯洁贵气。

这是对的。雪与冰，正属于高原江河的主要水源及样态之一。您瞧，人们对水的崇拜又是如此简洁明快。那么，高原冰雪的洁白，何时由何人创意演绎作哈达之第一色？这地域文化之谜，或许也不需要解了。

让我们把话题收回来吧，青藏高原，你敬献给我们人世最美的哈达，是长江、黄河……

东永学

最后一匹枣骝马

酒神的歌舞

蔚蓝的忧伤

东永学，土族，青海省互助县人。中国少数民族作家学会会员，西部散文家学会会员。已出版少儿长篇小说《天边的彩虹》、文化散文《土族》等四部个人作品集。

最后一匹枣骝马

回到老家，马槽里不见一根草，马槽根也不见一疙瘩马粪，我猜想大哥卖掉了家里最后一匹马。

这是一匹枣骝马，它是阿爸临走的时候叮嘱不能卖掉的最后一匹马，阿爸去世的时候这匹马只有一岁多，现在有 13 岁了，正在盛年，但也难逃被卖掉的命运。

看不到枣骝马，看着马槽根的干净，我想到了一句老话：儿子大了，老子罢了。——为什么会想起这句话呢？是在抱怨吗？

机械化的实现，解放了人们很多的时间和精力，置办了手扶拖拉机等一些机械化的劳动工具，就不要马驴这些牲畜了，这些牲畜需要豆料、草料、水，需要精心地伺候，冬天还需要一个窝棚，生病了也需要一点儿药钱。当下的人们喜欢简单和快捷，如此，这些动物的悲剧时代从 20 世纪 90 年代就开始了，那时候平川地区的人们生活比较富裕，最早开始淘汰牲畜，机械化劳作的时髦和便捷越来越吸引着大家，山里的姑娘因为川里的条件好也一个个嫁到了川里，而平川地区的牛马开始走向屠宰场。

那时候，生活在脑山地区，条件限制，家家户户都需要牛马帮忙耕作拉运，牛马也在山里人的眼里金贵着。那时候，家里可谓牛马成群：三四匹马，七八头牛，两百多只羊。父亲一天的日子就是放羊挡牛伺候马；阿妈的工作就是把马粪、羊粪晒干一部分堆到草房里，到了冬天，它们就是一家人的温暖；还有牛粪要专门做成牛粪饼，这是冬天的燃料。那时候家里条件虽有好转，但高原的冬天长，花钱要买的煤能省就省，于是冬天走进家门，一股淡淡的牛羊粪燃烧的味道弥漫在院子里；至今只要闻到牛马粪燃烧的味道，心里就会顿生一种亲切感。

话题扯远了。我把拿着的东西放下，坐到炕沿上，嫂子倒给一杯茶的时候，我还是第一时间明知故问：枣骝马呢？

嫂子听到我问枣骝马，眼睛一红，说：你大哥卖给马贩子了，现在可能叫那些人宰了，进了一些人的肚子里。

想不到卖掉枣骝马一事让嫂子对那些马贩子和大哥耿耿于怀，她也在心疼着枣骝马。

土族人的先辈是马背民族，很早的时候，在我们的生活中，马不光是拉车犁地的牲畜，在更早的那个金戈铁马的时代，马是我们的腿，是并肩战斗的兄弟，或者说是驰骋风云的翅膀。就因为这个，我们的祖训里有不吃马肉的禁忌，哪一个土族人偷吃了马肉，会遭到大家的唾弃；如果一匹马老了，不能卖掉，要放生到大山里。

记得小时候，我家的一匹白马很老了，干不动活儿，吃草也有些困难了。一天，我和爷爷把这匹老马半扶半拉地送进了大山里，这是感恩和回归自然的一种仪式。

至今，我难忘一路上爷爷念着祈祷经，把老白马送到有茂盛的草的地方，老马艰难地啃着青草的时候，爷爷坐在草地上一直在念经，临到离开哽咽着说：老伙计，能吃一点儿草就吃点儿，吃不了就到神佛保佑的香巴拉去，那里没有痛苦，没有劳累。

马在土族人的民族历史发展中占据着很重要的地位，不说别的，在儿女的婚嫁、节日喜庆中都会演唱自己的赞歌，我们的赞歌里就有不少赞颂马的丰功伟绩的唱词：

赤列布神山山顶上，
吉祥神马在奔腾，
这是什东拉欠桑赐予的马；

赤列布神山山坡上，
吉祥神牛在狂奔，
这是哇仁欠桑赐予的牛；

赤列布神山山底下，
吉祥神羊在撒欢儿，
这是秀鲁日坚桑赐予的羊。

几十年过去，我们丢掉了很多祖训族规。一匹马老了，你没有回到自然怀抱的权利，干不动活儿，那就把你卖给马贩子，送进屠宰场，最后成为食肉者的美味。

这里我不责怪贩马者和吃马肉的人，抱怨大哥似乎也无济于事，大家都这样做，大哥也就不会傻到把一匹马送进大山，让别人牵去卖钱，或者宰着吃肉。

那么，看到空落落的马棚，看不到枣骝马时，心里那一种空旷的难受来自哪里呢？

那份遥远的情愫一定还在!

我们是马背民族，想当年我们的生活离不开骏马，至今我们的赞歌里还有很多骏马在驰骋；我们的传奇里如果有英雄要出场，首先出来的一定是一个扬鬃威目的骏马头，高举马头之上的是一把宝剑或者一月弯刀。

曾经，我们的姑娘要出嫁，一定是骑着一匹马，这匹马还不能是阉割过或有残疾的，这是一种美好的祝愿，表达一个民族对吉祥的一份渴望。白胡子的阿爹说：骑着一匹马出嫁是一种荣耀，家境好的娘家人能陪嫁一匹骒马、几头牛、一些羊，那出嫁的新娘在婆家就会得到更多的尊重，娘舅们来到姑娘家也会得到最高的礼遇，会得到赞歌的迎接，会喝上最香醇的青稞酒。

二十年前，土族人送亲的队伍是几十个人，每人一匹马，一伙人唱着酒歌，簇拥着新嫁娘一路高歌而去，这场面仿佛古代将士出征。也许，土族人留下这样一种习俗，就是为了缅怀和记忆。

然而，首先是手扶拖拉机开进来了，速度和便捷，或者伺候的方便，耕地拉东西手扶拖拉机代替了马，更不要说韧劲十足但性子缓慢的牛。就是出嫁姑娘也不骑马了，几十匹马几十个人的有着出征的影子的吃宴席的热闹、威武场面不见了，几辆手扶拖拉机冒着黑烟拉着一伙人轰隆隆而去，我们知道又一个姑娘出嫁了。

如今，新嫁娘都坐上了小轿车，喜客也是大巴车接送。

枣骝马卖了。

我很长时间没有回家，回家知道这件事情的时候，我有些不想在老家住一晚上了。一会儿，大哥放羊回来，我们聊什么呢？父母离开我们十几年了，父亲留给我们的四合院改头换面了，这是生活的需要，也是大势所趋。现在生活条件改善了，木格窗子换成玻璃的，松木的雕花房子封闭起来，这些都是生存环境的要求，或者是生活质量的提高。说到枣骝马，我们会不会……

有了便捷的机械工具，不需要的一匹马、一头驴，一定要拉到屠宰场吗？现在有多少好吃的东西，缺一种马肉、驴肉就不行吗？这是我的傻乎乎的也是空洞的发问。

愣神当中，作为宠物的一只小白狗在门槛外撒娇地叫着，嫂子把小白狗抱进来，给它半截火腿肠，小白狗发着呜呜声吃火腿肠，一边摇动着感激的尾巴。

家在大山深处，因为很多人家不养马牛羊了，到处是草。为啥不能把一匹马当成宠物养起来呢？夏天一根长绳、一个木橛子就可以把一匹马固定在一个草滩里，要不割草喂养；冬天放养到大自然里，做这点儿事也不需要花费太多的气力。

想着把一匹马当宠物豢养，我似乎看到成千上万双愤怒的眼睛，那是一群马对我的怒视。宠物，应该是一条哈巴狗或一只波斯猫，有钱人可以养一只藏獒。一匹马怎能当宠物豢养！它需要的是草原、驰骋，最起码有一身行头帮人们劳作。

村子里马越来越少的时候，我从枣骝马的眼睛里读出了一份孤独，特别是剩下它一个的时候，它的嘶鸣多么压抑和悲凉。作为一匹骒马，它有生儿育女的资格和权利，但只剩下一匹马的时候，连本能的东西都成为了一种奢侈品。

孤独，这东西既轻又重，能找到很多宣泄口的人都难以承受，况乎一匹不能说话的马。也许，走向屠宰场是一种解脱？！

在我胡思乱想的时候，嫂子给我倒上了熬茶，端上了焜锅馍。喝一口稍有苦涩的熬茶，就着吃一口带着清香的焜锅馍，心里又有了一份久别的温暖。这时候大哥赶着羊进门了，把羊赶进温室羊圈里，大哥走到马槽边，看着空空的马槽，他蹲在了马槽沿上，放下牧羊鞭，拿出一根纸烟点燃，他的手抚摸着马槽沿上那根扣着的半圆的木头，那木头被马脖子摩挲得光滑油亮。

透过玻璃窗子，我看着50多岁的大哥有些佝偻的腰身，蹲在马槽沿上，虽然手上的旱烟锅换成了一根纸烟，神情、姿势却像极了二三十年前的父亲。我突然间原谅了大哥，有些事情本来就有很复杂的成因，一字不识的大哥能怎么做呢？蹲在马槽沿上，大哥肯定也在怀念着枣骝马，一定还想到了阿爸阿妈。

明天，应该把马槽也拆掉，这样心里的那份痛找不到那个刺激点，一种新生活也就会随时而来，惯性而去。

枣骝马没有了，我的手机里有几张枣骝马的照片；一些东西消失了，连一点儿影子都没办法留下。

枣骝马，回到草原上去了，或者回到了属于它的战场上……

酒神的歌舞

土族人敬仰着天地万物，信奉着天人合一，土族人的信仰世界里有千万个神佛，但就是找不到酒神的身影。今天用这样一个题目，只是表明土族人的生活离不开美酒歌舞。

——题记

不会跳安昭算半个土族人，不会喝酒不是一个土族男人。

安昭，土族的传统舞蹈。土族人跳安昭不光是喜庆的自娱，原初的时候更主要是娱神，是祭天、庆祝丰收等重大庆典的祭祀舞蹈；再如村子里或者家族里有佛事活动，要迎接一位高僧大德，我们也要跳着安昭迎接；土族人所有节庆的迎来送往，跳着安昭迎送是土族人最高、最尊贵的礼节。

想当年，走进一个土族村落，小孩子只要能正常走路，不管男孩女孩都会跟着大人跳安昭，两三年之后人人也就成了无师自通的安昭舞者。就是寒风凛冽的晚上，只要有一堆篝火，不管大小节庆，大人小孩都会围着篝火跳起来；

如果有酒助兴，歌舞晚会就会通宵达旦。所以不会跳安昭算半个土族人一点儿也不夸张，对，作为本民族一员，不会跳自己的民族舞，真的愧对自己的民族身份。

不会喝酒不算一个土族男人。这话是不是有点儿过头了呢？没有。如果你真正走进过土族村庄，参加过土族人的婚礼，或者参加过土族男人们的聚会，你就能理解我们为什么会说这样一句话，我们土族人喜欢酒，但不是嗜酒成性，而是我们所有的礼仪文化里酒是一个吉祥的载体。没有酒，我们的男婚女嫁的仪程就会索然无味，一次节庆活动也会在没有酒歌、没有舞蹈的冰凉中匆匆结束。

第一次听见这句话是十三四岁的时候，那天家里来了几个远方的客人，阿爸在喝酒的场合挖苦一个酒量不大的叔叔时说了这句话。当时年岁小，想着不能喝酒咋就不算男人呢？那天为了证明自己是一个小男人，我在大人们喝醉了不注意的时候，端起一大杯酩馏酒喝了下去，不到一分钟就有种天旋地转的美妙感觉产生了，大脑开始兴奋，情绪极度高涨，我主动给阿爸他们唱在学校里学会的很多歌曲，给大人们学唱半生不熟的土族敬酒歌、宴席曲。

过后阿爸知道了我偷着喝酒的事情，他笑了笑，拍拍我的头说：儿子，再等几年了喝，你还没长大。这一次他没有像以前我闯了祸那样用拳头和木棍教育我。

说到酒，似乎有很多话要说，又不知道从何说起。是的，就我们土族人的酒文化可以写一部鸿篇巨著，土族人口不足 30 万，是人口较少的少数民族之一，但我们有自己独特的酒文化，青稞酒的清香渗透了我们的礼仪文化。

新生儿满月，酒一定要喝。第一个邀请的一定是新生儿的外祖父、外祖母等娘舅人，德高望重的外祖父端起酒杯，首先弹指三下，祝福的开场白是：今天是个吉祥的日子，我们把第一杯酒敬给高高的苍天，第二杯酒敬给保佑我们的神佛，第三杯酒敬给我们英明的领袖。“领袖”一词是我的翻译,原生态的歌词里是“汗”这个词,也就是说，土族人一直以来拥护领导自己的领袖人物。

之后是对家庭的祝福，对亲友们的祝福，最后把最好的祝福送给新生儿。之后举行的新生儿洗礼中，在放了五种粮食、柏树叶、花椒等的洗盆里也要倒上三杯酒，以示吉祥。

一个人的出生礼，还有成人之后的结婚典礼，以及子孙们一年一次的生日，只要端起酒杯，我们当中的一位长者一定会用无名指弹酒三下，说出如上的祝语，之后自己才会喝下三杯酒。不说别的，清明节上坟，祭祀祖宗也要祭奠三次青稞酒。

所有的敬酒场合里，“三”在我们土族人的观念中是一个吉祥的数字，我们的佛经里，古老的族训里这样说：“三”代表佛法僧三宝、日月星三光、天地人三才，所以我们的吉祥数字就是“三”。

客人到家门口了，我们要敬三杯接风酒；上炕落座要敬上炕三杯酒；头道茶上来了，还有吉祥如意三杯酒。如果有两家人儿女的姻缘成了，女方家就会收下男方家送来的三瓶青稞酒，把酒倒在自家的酒坛子里，装上三瓶青稞或麦子回送给男方，预示着好姻缘成功。之后，主客之间就会用酒歌相互祝福，都会端起酒杯，相互敬酒。

烧炕中央放着桌子，
这不是普通的桌子，
是赞丹木做下的桌子；

桌子上放着酒盅子，
这不是普通的盅子，
是绿翡翠雕成的盅子；

盅子里斟满着美酒，
这不是普通的美酒，
是紫青稞酿成的美酒。

赞美酒和酒具，这也是一种礼赞习俗，唱给客人，意思是我们东家把客人看得很尊贵，用的物品都是上等的；如果是唱给东家的，赞美着东家的勤劳和富裕，这样的赞歌会让主客都高兴和满意。

土族青年男女的婚礼是一部歌舞剧，从女孩出嫁到男方家迎亲，再到男方家举行婚宴，时时处处都有酒歌唱响，有安昭跳起来，更有酒香一直陪伴着参加婚礼的亲朋好友。

男方家的宴会期间，主客之间有一场以对歌和喝酒为主的宴席，其对歌也叫赞歌，内容包罗万象，唱到天地万物，等等。有一首赞歌，专门说唱酒和酒具的来历、酒的传说、喝酒的意义等，端着酒杯的男人们用歌声表述着酒在土族人的宗教文化和世俗文化中的一切功过。

听，手持美酒的娘家人会这样向男方问道：

酿酒的青稞是谁带来的？
它又是怎样成熟的？

成熟的青稞是怎样酿成酩馏酒的？

这个很简单的问题，婆家人会端着酒杯做出这样的回答：

青稞种子是西王母的大青鸟衔来的，
青稞是我们的父老乡亲种植成熟的，
好喝的酩馏酒是土族先民智慧的结晶。

这样的回答不仅在考量彼此的唱功，而且还融入了土族人对于酩馏酒，也就是青稞酒由来的美好传说；一场婚礼一天一夜，这样的赞歌对唱一天一夜。

20 世纪六七十年代，土族地区的生活条件还不太好，家里有男婚女嫁的喜事，大家就会自己酿酒，酿出的酒叫“酩馏”，是纯正的原生态酒，原料是青稞、几样中药、酒曲；酿酒工具就是一个双层的直径三十多厘米，高不到一米的熬缸。

酩馏酒酿造过程简便，大致是：先将选好的青稞簸去杂质，入锅煮熟，直到青稞裂口开缝后，沥出凉一凉，再配以酒曲，调拌均匀，装入瓷坛或大缸中密封，盖上棉被等物进行发酵。然后将发酵好的青稞原料，加上中草药，装进熬缸里，加水煮沸，煮沸的蒸气通过流管进入里层的冷却缸进行冷却，冷却的酒液经导流管流出来，这就是绵软可口的酩馏酒。

二三十年前，每一个土族人家的主妇都会熬制酩馏酒，但是土族妇女很少饮酒，她们种青稞，收青稞，用青稞熬酩馏，自己却看男人们醉酒而歌。

青稞，青藏高原上最古老的粮食作物，是酩馏酒最主要的原料。说到青稞，土族地区还有一个家喻户晓的传说。

土族人生活的地方，有一座最高的山峰是龙王山，土族人叫赤列山，它是土族人心目中的神山。

有一年，西王母在龙王山夏宫宴请各路神仙，特派她的一个坐骑大青鸟到东海蓬莱仙岛采集美食。大青鸟回归降落时，不慎将一仙物从口中滑落，落在龙王山下，只见那仙物落地生根，不久长出了一棵绿苗，到秋天结出颗粒饱满的籽果。

山下的一位土族阿爹这天晚上做了一个梦，有一只五彩鸟对他说，明早出门到什么什么地方，有一棵金黄的粮食，把果实捡回来，明年春天种到地里，来年就会有很多收获，这是养人的东西。第二天阿爹找到这棵粮食，把穗头上的所有颗粒拿回家里，从第二年开始播种。几年间这种谷物种遍了土乡大地，年复一年，皆获丰收，养育了一代代高原儿女。土族人因感念大青鸟，便将这种神鸟衔来的神物称之为青稞。青稞在龙王山下生根结果后，既解决了人们的吃饭问题，又演绎出了绚丽传奇的青稞酒文化。

一方水土酿一方酒。

高原土，高原土上长出的青稞，还有高原上的冰雪融水，都可能是青稞酒不可或缺的元素。有了这些得天独厚的物品和条件，土族先民依靠自己的智慧酿造出了这香醇的美酒。

青稞酒，使土族人的生活变得有滋有味、有声有色；青稞酒，使土族人的胸襟变得宽厚温暖、质朴真诚。土族人左邻右舍之间有矛盾了，一方拿着一瓶青稞酒上门，敬三杯酒，说三句认错的话，对方也一定会认错，回敬三杯酒。一场误会、一种尴尬也就在三杯酒里化解了。

土族人家有客人光临，我们就会说：客来了，福来了。有客人光临，是我们的荣幸，我们会陪着客人尽情欢乐。

客人上炕落座，端上焜锅馍，倒上奶茶，之后还会端出手抓肉，吃着喝着，我们还会说：没有盐和牛奶的茶不叫茶，没有酒的宴席不叫宴席。于是，主人就会拿出珍藏了很久的青稞酒，拿出摩挲出光亮的铜酒壶暖上酒，我们会端起酒杯唱着酒歌敬上三杯酒。

早上喜鹊喳喳叫，喜鹊欢叫客人到，
客人带着喜庆来，用洁白的哈达迎接您；

早上喜鹊喳喳叫，喜鹊欢叫客人到，
客人带着欢乐来，用香醇的美酒迎接您；

早上喜鹊喳喳叫，喜鹊欢叫客人到，
客人带着吉祥来，用热烈的心情欢迎您。

青稞酒奔流在土族人的血液里，形象地化作土族人的激情舞蹈——安昭，尽情释放着我们热爱生活的美好心愿。青稞酒，使土乡的生活变得有趣而浪漫、充满诗意。

有酒就有歌，有歌就有舞。歌舞相伴的内涵丰富的酒文化，以它特有的质地和芳香，诠释了土族人饱满的生命情怀、丰富的情感世界。

酒与歌，构成了土族独有的礼俗文化，它们融解在整个民族的历史发展中，在温润的酒杯中映现着民族过去、现在的身影；酒与歌、歌与舞的融合，搭建起一座座连心桥，维系着人与人之间的情感纽带；安昭舞和青稞酒的礼赞，渗透了土族人的生活，映射着土族人特有的文化个性：无酒不歌，无歌不舞。

写到这儿，我又想起祖先们留下的一句谚语：山里的兔子狗撵哩，心里的话儿酒撵哩。今天，我没有喝醉，但写到青稞酒，写到随风远去的一些记忆，一种温馨掺杂着淡淡的忧伤慢慢溢上心头……

蔚蓝的忧伤

青海湖是青藏高原的眼睛，但是随着全球气候的恶化，环境的破坏，过度的短期效应的旅游开发，这颗明亮的眼睛日渐干涩枯萎，仿佛湖边那些失去草场的牛羊的眼睛。

如何让它灵光水动，坐在黄昏的湖边，我……

——题记

> 91

一

黄昏降临，四周慢慢归于平静。

一人独坐湖边，听湖水拍击长岸，看高天厚土中的蔚蓝和苍茫，思绪随湖水一圈圈荡漾。

身在青海，却很少有机会和青海湖进行一种推心置腹的长久亲近，平时阅读一些描写青海湖的精美诗文，感觉也有一种仪式上的交流，情感的疏离永远横亘在前。

今天中午来到湖边，下车之后年轻的同事们欢呼雀跃，一些人脱下鞋子钻进了湖里，个别人连鞋都不脱就跳进了水中，此时我看到“亵渎”两个字漂满了湖面。

心怀一种钦敬走近饱满的蔚蓝，把手慢慢伸进湖里掬一捧水，我分明看到手掌心的水中跳动着阳光拥抱的蔚蓝色的六字真言。

周边嘈杂，心归宁静。

咔咔作响的相机闪个不停，我不知道拍照人捕捉到了什么。

有人有词无调地唱起了《在那遥远的地方》，这时的歌声里承载着王洛宾千分之一还是万分之一的情思？

湖边的石头无言，眼前的湖水无语。

蘸一点儿圣洁的湖水于额头，再蘸一点儿湖水于舌尖，一股涩咸味儿流灌全身，仿佛昨日苦难的回味。

抬头，看到一位忧郁面容的牧民坐在湖边一块石头上，走过去想着和他简单聊聊，没想到他的汉语很流利，交谈中我了解了有关青海湖的一些民间叙事以及湖边牧民的生活现状。

湖边网围栏圈出的一大块沙砾地是属于他的旧日草场，由于干旱、沙化，由于游人的过分践踏，湖边草场不长草了，牧人只好守着属于自己的这段湖边收一点儿钱，每人五元，一天收几十元钱，加上老婆在离湖较远的草场放牧着百十只羊，粗茶淡饭的生活没有问题。

湖边一方沙砾滩是一块维系牧人一家生活的无土田地，青海湖蔚蓝色的一角，也是属于他的吗？不是。他说：圣湖是青藏高原的心脏，是大家的。

我说：你知道仓央嘉措吗？

他说：知道，他就是在湖边修成圆满功德的。一个人有特别好的机缘的话，会在清晨或黄昏的湖边看到他。

我想问一声：你遇到过吗？但不能问。这样的机缘一般人是不会有的，他，还有我。问也许是一种无意义的伤害。

我问他，参加过祭湖仪式吗？

他说他每天都会祭湖。我说有很多僧人、牧民参加，或者各级政府组织的大型祭奠仪式。他说：这些事不是很多书和网上有文字和图片介绍吗？看看就知道了。

我想说有些书上、网上写得不伦不类，甚至有“强奸”圣湖的胡说八道，想想，又不愿说，对一位对圣湖有着虔敬心的牧人还是不说这些的好，坐在湖边乱说也是一种亵渎。

看到我手中的空饮料瓶，他说：洗洗瓶子，灌一瓶圣水，装几个泡在湖水中的小石子，拿回家，泥墙盖房子的时候，墙基放进去几颗圣湖里的石子，洒上一些圣湖水，家里就会平安吉祥。

我起身去灌水的时候，他说：佛祖会保佑你的。

我一时惊愕，继而一种幸福弥漫全身。

牧人很平静，坐在石头上一动不动。我的心海深处波涌出去年到青海湖作的一首诗《坐在青海湖边》：

中午的阳光不太明亮
此时我坐在青海湖边，蔚蓝
是湖水，心情，神圣的感觉
湖边小波浪涌动，还有眼神

如果这是入夜时分
身边还有小羊羔一样的她
湖水会告诉我们什么
湖边嘛呢石堆有自己的诉说

到青海湖边只能停留一个小时
每一次我都是匆匆过客
有关黑夜的怀想，湖水的忧伤
它们平静着，看过眼烟云

我举手道别吗？手的旗帜
没有湖边经幡的优雅和悠长
灌一瓶湖水，拾几颗彩石
圣湖，传说，中午，阳光
时间又一次梳理我的乱发，忧思

二

人声嘈杂中听到领队老张喊大家走，从早上六点出门，走了五六个小时，中午已过，大家要去吃饭了。

走进一顶帐房宾馆，点上一盘手抓羊肉、一盘牦牛肉、几个地方特色菜、一人一碗野葱花面片，肚子的问题解决了。有人张罗着打麻将，有人开始躺在铺在地上的藏毯上休息，我一个人出来，第二次走向湖边。

此时是下午四点多，游人还是很多。钻进湖水里戏水的，站在湖边拍照的，往各种瓶子里灌水的，有年轻人扯下一截湖边敖包上的经幡跑动在湖水中。

人声喧哗，湖水依然静默。

不远处几个朝拜圣湖的藏族同胞叩着等身长头慢慢挺进湖边。脚下的乱石，身边的噪音，与他们无关。

我走不进这种庄严的行列，虽然此时头顶有经幡飘扬，心中有佛音轻响，一两次的修为能表达什么，此时无法回答。

坐到离水很近的一块石头上，拿出相机准备拍一些无人影的湖光山色，一只白色鸟出现在视野里。

这只白色鸟是谁的魂灵？

仓央嘉措、王洛宾、昌耀、海子，或者是三毛？这些人都到过青海湖边，一系魂魄都曾寄托于圣湖的蔚蓝和深邃。

不远处有王洛宾音乐艺术馆，馆前有王洛宾塑像，有《在那遥远的地方》的词曲的石刻碑。离此不远的金银滩草原有一个少女的塑像吧，人们都叫她“卓玛”，此时肯定有人抢着和卓玛合影。

古典的爱情故事在粉饰草原上花草的枯萎，越说越离奇的杜撰情节装点多少人无爱情的现代游戏和网络情感的苍白。

看着践踏如泥的草地，听着导游讲解扭曲变形的爱情故事，王洛宾出现在今日的金银滩草原上，他会有创作的灵感如圣湖潮涌，趴倒在草丛里忘情疾书吗？

三

起身，往人少的地方转移。

湖边很多白石堆，信仰的一种表达。有人蹲在石堆上拍照，但他不知道自己在触怒无数双眼睛。

眼睛在天上、地上、湖中、草丛里、石头上。

为了发展地方经济，青海湖四周天天出现着新的旅游景点。

离湖不远有一堵青海湖国际诗歌墙，高 4 米、宽 80 米的石头墙，墙上刻有诗歌宣言，有很多古今中外的诗人的石刻头像，有很多经典诗句也刻在了石墙上。

诗歌墙下，一群追求思想解放、精神自由、诗意人生的诗人已经连续举办了四届青海湖国际诗歌节，他们的举措脱离物质层面，让青海之外的人们从猎奇、神化、俗化、杜撰之外，在蔚蓝色的湖水之上了解了青海乃至青藏高原。

今天不想去那里，去了也许只能从人头攒动中看到一些俗不可耐的画面。

昌耀，他就是一堵坚石垒筑的诗歌高墙，诗人的站立艰难如一块块石板垒叠而起的石头墙。一些石板上刻着诗人对诗的信念，一些石板上挂满了写诗的苦难，一些石板上有诗歌的黑色呐喊，一些石板上涂红了对诗歌的虔诚心血。

还有海子，想到他的名字，就听见他在深夜里呼喊：姐姐，今夜我在德令哈。一种孤寂，一种无助穿越而来，震痛我的耳膜和心律。

姐姐在哪里？海子寻不到，很多敏感多情的人都寻不到，于是他们用壮烈或者惨烈燃烧自己，用梦想成就诗歌。

还有三毛，她的很多散文里都有青海湖的影子，年近花甲之时，她和王洛宾有一段黄昏恋，他们在青海湖畔约会。才女其时 47 岁，王老 70 多岁，黄昏恋不了了之，三毛回到香港完成《滚滚红尘》，之后看破红尘而去。她的遗嘱里说明，她的骨灰分成三份：一份撒到太平洋里，一份撒到甘肃的鸣沙山里，一份撒到青海湖里。

哪一天，读懂昌耀、海子、三毛的时候，我会选择一个时间，一个人前去拜谒青海湖边的诗歌墙。

四

思绪飘飞，回头寻找那只白色鸟，杳无踪迹。

看远处，湖水饱满，朦胧弧线仿佛胎动的母腹。

是的，湖中浅水处有裸鲤在游弋，湖底有千万年前的各色石子，有祭湖的牧民抛进去的装着五色粮食、五色丝线和一些圣物的宝瓶。

我蹲在一块凸起的草地上。

打开相机，拍些图片，杨志军写于1985年的《环湖崩溃》的寓言一半已经成为残酷的现实，当湖水干涸成最后一滴泪消失之时，一组照片也是一种最好的个人纪念。

湖神静坐如处子，信仰的花瓣如莲花开放湖底，佛祖的妙音回响在离天最近的高大陆之上。

昌耀、海子，他们是凡人，无法超越时他们选择了决绝；他们更是圣者，用诗歌的光芒救赎了多少如我一样卑微者的心魂。

此时，我想到了一个凡人的故事，真实，但只能用故事的方式说出来。我在想他的时候，他一定捻动着一串佛珠，静心于一种祥和宁静之中。也许，有人心念着他，此刻会恰到好处地打一个喷嚏。

他是我的邻居，姓许，我们年龄相仿，七八年前他割舍了父母妻儿，选择到青海湖海心山出家修行。

许从小体弱多病，后来娶妻生子。记忆中他一直在吃药，但身体一直不见好转。

一天，村里来了两个化缘的老喇嘛，走进许的家里化缘，闲聊中许说到了自己的病。其中一个喇嘛说，他们是海心山上的僧人，海心山上气候好，清净，一些有慢性病的人在那里静养，都有好转。现在他们需要一个做饭的人，如果愿意，可以去试试。

待在家里是个累赘，天天吃药打针不说，农活上给媳妇帮不上一点儿忙，许和家人都动心了，他跟着两个老喇嘛去了海心山。

一年之后，许回来了，面色红润，精神也好，一家人高兴，媳妇更高兴，但许只在家里待了两三天又走了。有人问，家里人有些不愿回答。

又过去一年，许再次回来，这次回来更是容光焕发，精气神十足，但这次不是回家，来时袈裟裹身，他已经剃度出家，他是来告知真相，告别家人。父母、妻子，两女一儿，家，他都不要了。

妻子怨恨，儿女不解，父母伤心，邻里亲友想不通，然而许一脸平静，他走了，走得彻底，之后再也没回过家。

想想许的行为，此刻有所理解，他舍弃俗世的一个家，走进祀神拜佛的另一个家，对他，也许是在放弃和追随之间最佳的心灵选择。

坐在湖边，遥遥地能看到海心山，时隐时现在黄昏的蓝色微波中。许，儿时的玩伴，气定神闲中，在孤灯青卷里修为着自己的今生来世。

五

太阳靠近了远山，橘黄的阳光改变了湖水的颜色。

人声越来越少，湖上越来越多飞翔的鸥鸟，此时听到湖水与卵石的低语。

我在与圣湖对话吗？

我听到一串串急切、惊慌的鸟鸣回响在四周，脚底下有几声更细微、嫩嫩的声音传出来。细看，原来我坐在一个鸟窝之上，屁股稍微往前挪动一下，四只小鸟就会粉身碎骨。

灭顶之灾如此高悬头顶，两只大鸟怎能不惊慌！

赶紧起身，我看到两只大鸟几个纵跳就扑进了鸟窝，小鸟的鸣叫激动而欢快。

手机响起来，有同事发现我不在帐房里，他开玩笑地说：你是不是去找卓玛了？

我说我在湖边看风景。挂掉手机，我为所有起名“卓玛”的姑娘叫屈，因为一个越演绎越传奇的故事，似乎卓玛和艳遇紧紧相连，似乎来到青海湖边就有卓玛等着你，就有一次艳遇。这才是彻底地俗不可耐。

起身行走。

看到一些牧民牵着负着驮鞍的白牦牛、青鬃马慢慢回家，追随其后拍下一些以苍黛远山、蓝色湖水为背景，只有男女背影的照片，我不敢也不愿强拍他们的肖像照。

黄昏时分，人和牲畜都有些疲惫，走向飘起炊烟的家里，幸福如期而至，在这短暂的黄昏里，他们的心和归于沉静的湖水一样祥和、充满感激。

走着走着，我碰到了一块粗砺的石碑。近前，红漆上书“青海湖”三个大字，旁边垒起一段很长的石墙，再看，每一块石板或者扁圆的石头上全是经文，石墙正中摆着一个挂着黄色哈达的牛头。

一块一块看过去，石块上简单的藏文我认识，那是六字真言，曾经出家为僧的三爷爷在我五六岁的时候就教会了我。

双手轻抚过一块块经石，默念六字真言，湖水开始轻声为我祈祷。

手机又响起，我起身回宾馆，大家等着我开饭呢。

每次出门游玩，都会准备 10 斤青稞酒，大家习惯说：出了门，忘了本，谁管家里人吃人，要畅快玩玩。

话是笑话，有几人能如此洒脱，但我不能破坏了大家的好心情。

很多时候，很多场合，很多人，很多事，不合时宜，我不愿别人说我不合时宜，如此想着，走向宾馆的路上，一句话很滑稽地脱口而出：酒肉穿肠过，佛祖心中留。

六

苍色远山为枕，碧绿湖水为床，听水声山风伴奏。

今夜静静安睡多好，但我们摆上了酒肉，头顶响着《在那遥远的地方》的旋律，吃着，喝着，大家说着开心的事。

话题转到今天的出行，年轻的同事骂起收五元钱的牧民，说守着一块荒滩一天坐着拿钱，日子太好过了吧。

五元钱，吃不了一碗酿皮。

五元钱，能买一包劣质烟。

牧民们丢失了什么？草原，牛羊，宁静的生活，信仰的亵渎，乞讨式地讨取生活费。他们错了吗？

我反驳，说出以上事实。

然而，我的反驳何其苍白。再说，反驳有什么作用？

不说也罢，喝酒。

听听，四周是茶园里播放的藏族歌曲声、喝酒划拳声、哗哗的麻将声。

今夜，青海湖边没有乡愁，也没人顾及“永恒”这样的词语，所有人只有享乐的快意，有“不愿湖中有神，但愿醉中沉睡”的洒脱。

张英俊

山上人家

我们的土地

张英俊，土族，在省内刊物上发表《晚钟》《苦芝蔓》《雪落张家滩》等小说、散文30多万字。现为《老爷山》杂志执行副主编。

山上人家

这地方是山区，一条国道陪伴着一条河流从山谷中穿过，一个个村子就坐落在沟两边的沟沟汊汊中。我所在的乡政府在公路边，公路两边有乡卫生院、兽医站等五六家单位，还有几家回族餐厅、汉族饭馆、七八家商铺，以及几家发廊、麻将馆，等等。到了白天，到乡上办事的，走亲戚等班车的，买东西的，汇集在这里，于是这里一片忙忙碌碌，便很繁华了。

自从这条河上修建电站后，乡政府的人便格外忙碌，我们几个副职挨的骂也比以前多多了。牵扯到补偿款，村民老说低了。农民是弱势群体，我们也尽量争取能得到较多的补偿，可弱势慢慢变成了强势。面对漫天要价等无理要求，我们的工作很难做，建设单位说我们护着村民，村民说我们吃里扒外。忍着气，这边那边地协调，等一项项落实了，又有一些人来上访，说村干部贪污了工程补偿款，又得下去一笔笔公开，整得人精疲力竭。

这天总算清静了些，点了一根烟，站在乡政府院子的花园边，猛然看到对面山与天连着的一面坡上，开满了黄灿灿的油菜花，油菜花下是一排翠绿的杨树，树旁边有一座座低矮的庄廓院墙。暖洋洋的阳光照着山坡，开满黄花的油菜地和恬淡宁静的庄廓院带着几分神秘，沐浴在阳光中。

那地方好幽静，像个世外桃源，能住上几天真不错，安安静静地看会儿书，看累了，就点上一根烟，看悠悠白云从山那边飘过来，听风从油菜花中吹过去，不再看别人的脸色，不再说那么多的话，多舒坦的日子哇。但我始终没机会上山。

一个星期五的下午，乡干部们正在开会，突然有三四个人闯进会议室，黑着脸，说你们谁是领导，说你们还认不认我们是这个乡的人。乡长皱起了眉，书记拉下了脸。我连忙起身，把几个人领到我的办公室，一面请他们坐，一面取出一次性塑料杯倒茶。这时一个戴着油污污的鸭舌帽，翘起的下巴上留着山羊胡的中年男人连忙过来说，哎哟哟，我们自己来，自己来。说着刚端起杯子又突然扔在地上，连连甩着手，龇牙咧嘴地说，这茶杯……这茶杯怎么这么软，一端就扁了！那几个人一听，轰地笑了。

我见他们脖子上一层污垢，衣服领子上的油泥闪着一缕光泽，乱蓬蓬的头发盖着黑乌乌的耳朵。我说你们是哪个村的，好像没见过。他们抢着说，我们是山上的……山上的？我听不清他们在说什么，静静的庄廓院、杨树、黄花油菜地，我无法把充满诗情画意的山上人家跟眼前的他们联系在一起。可他们一口一个山上。他们说山上缺水，泉干了。他们说山上的路不叫路，手扶拖拉机最多能拉上来三四百斤东西，下雨了连空车都上不来。他们说着山上生活的种种不幸，越说越生气。我们要求搬下山来，哪怕去海西也行，他们纷纷说。刚才端茶烫了手的留山羊胡的男人仿佛还在生气，翘着山羊胡一直不吭声。

我歉疚地看着他们，说我是个副的，搬迁这么大的事，得跟书记、乡长反映。他们说，如果你们不管，我们就去找县长。他们说，山下的日子一天比一天好，山上人连洗个脸都困难，我们不信县长不管。

我只好让他们先等一下，等汇报会结束后，便把他们的情况向书记做汇报，书记叫了乡长上我屋里又听他们说了一遍，最后决定最近一两天就上山实地调查一下。

这时正值年中，迎接检查，准备汇报材料，事情接二连三，说是一两天，其实过了几个一两天，我们才得以上山。

上山的路又窄又陡，路面上还有许多被雨水冲成的小沟。吉普车刚爬到半山，水箱就开了锅。凉一会儿再走，很快又不动了。看那山上人家还在大山顶上，我们只好下了车往上爬。才一会儿，几个人就热得不行，脱下衣服提在手里，走走歇歇，近一个小时总算看见了一座庄廓院。

放眼看去，九户人家一家挨一家，拥挤在山洼里。由于太陡，平出来的院落都很小，房屋也显得破旧。乡长摇着头。我心中的世外桃源在这一刻也就土崩瓦解了。大山慷慨地哺育了金灿灿的油菜地、绿茵茵的麦田，可山上人家的房屋、道路，见了就叫人揪心。

走进庄子，见一家墙根阴凉处，坐着一群男男女女，男人们手拿着烟竿抽旱烟，女人们在做针线，有三四个娃娃在女人脚边垒石块。一个男人从人群中站起来，惊喜地说，我说乡长们不会扯谎，你们还不信，说我们去乡上是白跑，这不，乡上的乡长们来了。男男女女一听，纷纷站起来，带起了一屁股尘土。一个男人说，乡长们到底来了。一个女人就接着说，多大的官呀，我们不找去，他们能来吗？我听了脸上有些尴尬。这时有人说，不要说气话了，把我们的困难摆给乡长们听听。于是人们就七嘴八舌地说着。我听了半天终于听出山上盖房难，砖、水泥运不上来；娃娃们去学校要走一个多小时，看见天上起了云，老师就提前打发回家；电只照个灯泡，磨面要到山下；水剩下了一个泉眼，半天才能舀满一桶；还有山上气候凉，庄稼没黄霜就来了。他们说起这些就有说不完的苦楚。

我们要去看看他们吃的水，最先站起来打招呼的男人就领我们去。路上我问这里谁家最困难，他说都差不多，他指了指前面一家，说比起来这家穷一些。书记说，我们看看去。刚走进大门，就看见留山羊胡的男人走出屋，一见我们热情地招呼着进屋里坐。

屋里很暗，乡长上炕拉开一扇纸糊的老式格子窗，一长溜儿日头照进来，屋里顿时亮堂了许多。留山羊胡的男人手忙脚乱地在炕前面的铁皮炉子上生火，火没着，屋里倒有了好多烟。我说算了，别生了。他说你们大老远来了，茶要喝一口。这时炉膛里轰的一声，火终于着了，他提起一个锈迹斑斑的铁皮暖瓶朝一个烟熏得如刷了黑漆的茶壶里倒水烧茶。我看见炕桌下面有一本书，抽出来一看，一本老皇历。书记说，你上过学？他说上过高中。我从口袋里摸出烟，抽出一根给他。他连声说哎哟，你抽你抽，我抽旱烟哩。但还是接了过去，小心地夹在了耳后。我看那油污污的衣服、脏兮兮的脖子，怎么看都不像是读过高中的人，再看这屋，简直一塌糊涂：没有玻璃的高低柜眼看就要倒向炕头，报纸糊的顶棚张着好几个大窟窿，一片报纸从顶棚的铁丝上掉了下来，几条沾满灰尘的蜘蛛丝挂在报纸上……

书记问起了家庭人口、经济收入，他刚要说，茶就开了。这时带我们来的男人在一旁说他的媳妇十年前殁了，儿子嫌这地方穷，跑到格尔木打工，在那里寻了个媳妇，后来要接他去格尔木，可他不去，现在就他一个人。

留山羊胡的男人长叹一口气，从高低柜没了玻璃的地方伸进手去，摸出几个碗，拿起一块黑乌乌的抹布擦了起来，边擦边说这是命，没办法。

我知道我们谁也不会喝这碗茶，但我们都接了过来。端上茶，他神色庄重地说，我跟老阿奶上高中时就好得很，她是山下的，嫁给我，她家人不同意，可她牛死车烂地哭，不吃也不喝，丈母的心先软了，老丈人后来也点了头。我想这辈子我要好好看待她，可……我们这苦焦的地方，她连一天福都没享上……他说不下去了，低了头，捡地上的一截木棍。我们听了，半天吭声不得。这时他抬起头又说，前两年儿子领着儿媳妇来看我，要接我去格尔木，我想着，人呐，还不是一天三顿饭？我说我哪里也不去，我缸里有油，面够吃，一人一年吃不完一缸油。人民公社那会儿，一年苦下来，生产队只分给五六斤清油，比起那时我啥也不缺哩。

我一听，一时说不出话来。他的日子过得如此辛酸，除了吃不完的一缸清油，什么也没有，可他居然说什么也不缺。

不管怎样，路、水、孩子上学等这些问题是山上人家实实在在的困难。回来后我们开了会，研究怎么解决，办法似乎只有一个，就是搬迁。于是我们写了一份要求搬迁山上人家的报告，书记、乡长拿着报告找扶贫办、民政局，找县委书记、政府县长，后来扶贫办来人进行了实地调查，再后来就说有一个异地扶贫搬迁项目，县上争取把这九户人家加进去。过了三个月，县上果然来了文件，要我们按文件要求抓紧实施。

没想到真要搬迁了，山上九户人家却不走了。他们来到乡政府说，听说去的那个地方风沙大得能刮跑人；说政府给的钱太少，拉了账去还不如不去；说那地方更缺水，如果地里浇不上水，不要说庄稼，连一根毛都没有。留山羊胡的男人也来了，我以为他愿意去，便问他，他吭了半天说人老几辈子都过来了，命该如此就如此。有人插嘴说，太远了太远了，搬到乡政府旁边还差不多。于是他们就异口同声地说，就是，那么远的不去了，对，不去不去。

我们想毕竟故土难离，就派副乡长、民政助理员等若干人上山做工作。工作做了好些天，其他人的工作都做通了，可是留山羊胡的男人和另外一户说啥也不肯走。书记这时说，这样吧，我们也仁至义尽了，就把去的名单报上去。这样，我们便把搬迁的六户名单报了上去。

日子匆匆而过，正月快到了。这时的日头没有了威力，黄澄澄地悬在半空，光秃秃的田野上，大风卷着尘土翻腾着远去。这样的日子里再看那尘土迷蒙的山上人家，心里就有了些凄凉。

到了正月，乡上放了假。按照惯例，乡干部过年要过到正月十五。十五过后上班时，还看见七沟八汊的人骑着摩托车或开着手扶拖拉机在拜年，乡政府所在地照旧一片忙碌、一片繁华。这期间，在副乡长的具体安排下，山上的六户人家就搬迁走了。接下来，乡上处理遗留问题，坡度大的土地由乡上做规划，统一搞退耕还林。

我跟着副乡长再次上山，在残垣断壁的一个庄廓院旁，突然听到有人在唱花儿：

房子拆了墙站着，
四面的花窗亮着；
老伴儿走了人难活，
苦日子就这么过着。

歌声婉转悠长，带着几分悲怆和无可奈何。看着没有了房子，只剩下一堵堵用石头垒起的墙，心里也有了几分凄凉。这时便有些自责，也许我们应该多做几次工作，把两户人家留在这里，他们的困难实在很多，路坏了，他们无力整修，下山的路会越来越难走，今后磨面、拉煤……正想着，见留山羊胡的男人从断墙一头走过来，见了我们有点儿不好意思地说乡长来了。我说你该跟他们一块儿走啊，去了，也好有个照应。他长叹一口气说，人老几辈子住下来的地方，他们说抛就抛下了，日急慌忙的，活像不走就饿死哩！日头落山时，我蹲在门前半天半天地看这些庄廓，实实想不透，再看看老阿奶的坟，孤孤单单地躺在那里，眼泪就下来了……我生气地说，县上、乡上替你们着想，费好大的劲儿落实了搬迁，可你们两家也不知是咋想的。副乡长在一旁说，就是，做了那么多的工作，就是听不进去。他苦笑着说，没走的那一家说人少山宽展了，好养羊。

我突然觉得我的语言是那么苍白无力，面对他，我知道说什么都是白说。我跟副乡长朝庄子一头走去。他跟着我们走，表情有些尴尬，走了几步说，种上田就闲了，我想去西宁找个挣钱的活儿，就怕钱不好挣，白花车费。我说你真有这个想法就好，只是到了这个岁数，工不好打，只能看看工地、守守大门……他听了忙说，到时再说吧，到时再说。

过了不久我调到了县上。一次在街上，看见三四个人背着行李在街那边走，其中一个戴鸭舌帽的很像山里那个人，心里突然一动，莫非他真的下山去西宁打工了？不由过了马路赶上去，一看，却不是他。

我知道不可能是他，但忍不住还是要看。

夕阳的余晖照着小城时，我常常站在我家饭厅的窗前，看街上川流不息的车辆和匆匆而过的行人，也常常遥望我工作过的地方。我无法看见峡谷中的乡政府，但能隐隐约约地看见乡政府背后的大山。我仿佛看见留山羊胡的男人蹲在门前，对着一座座没有了房子的庄廓，有一口没一口地抽着旱烟……这时，他唱的那首花儿便会在耳边响起：房子拆了墙站着，四面的花窗亮着……

我们的土地

一

7 岁那年，村里的人偷偷开地。队长说，我们开的是黑地，公社没号召，每家只能开个三四分。三四分有多大呢？人们问。队长说也就够盘一面场。胆小的父亲因为有了队长的话，也忙着在白桦林边开一片地。父亲身后有大片的田地一直延伸到河岸边，那是生产队的土地。父亲开的这块土地将属于我家，将来的收获无疑也属于我家，所以父亲干得很卖力。板镢带着呼呼的风声，深深钻进土里，接着是草根断裂的吱吱声。但很多时候，发着狠的板镢会碰到草皮下强硬的石头，咣的一声，板镢被弹出草皮。与土地较着劲儿的父亲只有耐下心，先挖石头四周的土，再取出石头。石头有大有小，当父亲费了好大劲儿，最后弄出来的石头不过像拳头大时，不由骂一句：妈妈的，这么小就折腾了这么长时间。大石头，父亲抱到一边；再大的，就一巴郎一巴郎地滚过去。我呢，就捡小些的石头，放到父亲滚过去的大石头上，一块一块往上堆，直到轰然倒塌……土里有一种植物叫面擀杖，父亲挖出来，用衣袖擦擦塞给我，我嚼着，甜甜的，就觉得这土地很神奇。

开了地，等几天，等那草土块被二月的日头晒干时，父亲便砍了一大捆林子边的柴禾，用土块垒起一个长方形的边儿，把柴禾放进去，然后捡起土块，一层一层摆放在柴禾上面。捡完土块，上面盖一层土，父亲从预先留下的洞口点着柴禾。那烟带着草和泥土的味道，缭绕着父亲，弥漫到白桦林中。地有了，燃烧的草土块又解决了一茬儿庄稼的肥料，这时父亲很满意。他坐下来开始抽老旱烟。抽完一烟锅，把烟灰小心地磕在小石块上，然后急急地装上烟，再把小石块上残存的烟灰按在烟锅上，吧嗒吧嗒吸几口，极舒服地喷出一口白烟……抽完烟，父亲扒开草土块，变戏法似的，从滚烫的土中取出一个个焦黄的洋芋。我说哪里来的。父亲说土里来的。我说我看看在哪里。父亲说，我们还没种，哪有洋芋！是我拿来的生洋芋，埋在土里，它就熟了。

土里生长的洋芋又叫土弄熟了，这土地太神奇了，那一刻，我充满欢欣，“哦”地叫了一声。

二

27 岁那年，我家分到了土地。那块父亲开出的土地实在太小，再加上很陡，我就放弃不种了。村里把土地分成水浇地、旱地，又把这两种土地按平地、山地分成等级。水浇地、旱地家家要分到，平地、山地也要家家分到，决断不下时，队长就让抓阄。一个个纸蛋蛋集中在队长的帽子里，那抓阄的手在抖动着……我们太看重土地了。

父亲活着时对我说，土地不亏人，只要你肯下苦。对此我深信不疑。土地是老子，它虽然不说话，可我得孝顺：渴了，要给水喝；瘦了，要追加肥料。身为农民，我跟土地较着劲儿，即使汗流浃背、腰酸背疼，我也要咬住牙。我知道，只有伺候好土地，土地才能给我丰厚的回报。

种田，我绝不马虎，地翻得比生产队时细致；即使过年磨秕麦子面，留下的种子也要个个籽粒饱满；大清早起来，拾牛粪积攒肥料，化肥哪怕贷款也要买够施足。这一年夏天我被招为文化干事，离开了土地，但我没有告别土地，星期六、星期日，我回家忙地里的活儿。秋收到了，三个孩子也去地里帮忙。13 岁的女儿知道心疼母亲，总想帮母亲多干点儿，割着割着，就割到了母亲身边；15 岁的大儿子在我身边，一下一下地挥动着镰刀，已有了大人样儿；9 岁的小儿子大约怕被我们抛在后面，割着窄窄的一溜儿，蹿到前面去了。看那身后七零八落的麦穗，妻子对小儿子说，你还小，割不了，去拾哥哥姐姐后面的穗头。收了小麦，拔了油菜，挖了洋芋，接下来要把小麦、油菜运到场上打碾。把麦捆摊在场上，我赶着一对牛，牛拉着一只碌碡，碾压着长了一夏身子、结了一秋果实的麦秆和麦穗。打碾的过程很繁杂，当木锨一次次伸向天空，风把麦衣子吹向一边，金色的麦子落下来在麦堆上欢快地跳动时，我们是那么欢喜。

我们的土地给了我们相当丰厚的回报：金灿灿的麦子、黑油油的油菜籽，还有烧饭的麦草，还有一个冬天让炕变得热乎乎的麦衣子……因为土地，我们充实而快乐。我们有房有土地，生活虽然不富裕，但也没有明显的贫富之差，我们的心宽着，简单的日子也就快乐了。

三

现在，我家的土地只有一亩多。先是三个孩子考上学离开了村庄，后来我调到县城，在城里买了房子，在城里安了家。我们的土地有几亩在调整土地时被调整了，有几亩退耕还林了，还有几亩，承包给了村里种植青海云杉的党家哥哥。留下的一亩多土地，半亩多种油菜，少半亩种洋芋。土地在我们手中仍然显得生机勃勃；三月末，我们翻了地，播下了种子；四月初，绿了地面，洋芋一行行伸出头，舒展着肥硕的叶片。

我在土地上忙着，同时也感觉到了土地的变化：往年星星点点的云杉，突然间扩张开来，青翠的树苗遍地都是，成为燎原之势。前些年，村里的人们还曾担忧，种粮的土地不种粮，种下满地的树，吃什么呢？这才过了一半年，怎么就成了这个样子！麦子不见了，年轻人也不见了。从村里人口中得知，日渐贬值的农副产品，解决温饱是没问题，可奔小康，你就不要指望了。傻子才种粮呢。改革，改革，还种粮食？种粮不划算呐，打一个月工，一年的粮食也就挣下了。人们这样说。市场经济的浪潮冲击着土地上的人们，“改革”一词也出现在了这里的人们口中。渴望挣上更多钱的年轻人纷纷出门，男的多出现在建筑工地上，女的多在饭店当服务员。年龄 40 岁以上的，则留在家里忙在土地上，忙着云杉地里拔草，忙着给云杉施肥，忙着给云杉浇水，捎带着务劳那几分油菜，总得拔一下草，几分洋芋还得壅一下土。这两样家里够用就可以，谁都不指望靠它卖钱。也有胆小的人，他们怕这么多的树苗卖不出去，但也不种小麦、油菜，他们种蒜苗。蒜苗虽然不如云杉值钱，但年年能见钱，比起小麦、油菜之类，效益要好几倍。

云杉长了五六年，终于长大了。前两年云杉卖得好，少则十来万，多则四五十万。土地的回报让人啧啧咂嘴。十多辆小轿车开始在村庄的巷道来来往往，有四五户人家在县城买了房，老人搬进城，孙子在城里上幼儿园、上小学。即使目前无孩子上学，在城里买了房，说媳妇也比较容易些，人们这样说。言语之间，带着淡淡的无奈。也有人上当了，买的云杉种子是四川那边的，青海云杉三年长成的个儿，那种云杉两年就长成了。上当的人说是青海云杉，来买云杉苗的，竟也当真，放下十多万元钱买走了两年生的云杉苗。对此，我有些震撼，说怎么能这样呢。有人不以为然，说这有啥不可以的，双方愿意的事嘛。

春节在老家拜年时，党家侄儿拿来一大捆蒜苗。蒜苗长得又细又矮，侄儿说没打农药长相不好看，是留着家里吃的，卖的蒜苗长得又粗又壮，可农药打得厉害……我说，要是不打呢？侄儿一撇嘴，说那谁要啊，叫虫吃得瘦不拉几的，也卖不上好价钱。我一时语塞，这些善良的人，这些仍靠土地生活的人，是什么让他们变成了现在这个样子？

又到一家，喝着酒，喧着天，我有意把话题引向吃喝的安全问题上，说这酒怕不是互助酒厂的吧。主人大度地一笑，说也说不准，现在的人不像以前了。接着他们告诉我现在的人干的两件事：一件是前年村里人买了一辆小轿车……有了车就兴奋，就开到了城里。车刚停在路边，有交警过来，说不能在这里停车，赶快开走。才准备走，又来一个交警，说停，车的挡风玻璃缺一个标志。他说，有一个没贴，放在家里了。交警说，那就去取。他说，家在山沟里……交警说，那就没办法了。刷刷几笔，扯下一张罚款单，罚了两百块钱。让他不解的是，大街上连一张标志都没贴的车多得是，可那个交警连看也没看。

另一件是，前年几户村里人各买了一套商品房，有一户由于钱紧张，当年没装修，也没去要钥匙。去年腊月装修后刚搬进一些家具，供暖公司的一个女的就上门收暖气费。他取着钱，可那女的说，你要交两年的。他说头一年不要说住，我连房子都没装，还收啥暖气费。女的说人家把房子交工了，就是你的事。他见说不过去，就说，那我少交一点儿行不？那女的说少一分钱都不行。他便来了气，说这样的话，我一分钱都不交。到现在那暖气费他都一直拖着。

我好长时间说不出一句话。我端了一杯酒一口喝干。当烈酒热辣辣地从喉咙流经食道时，我几乎理解了他们。他们遭受了算计——一种似乎说得过去的算计，所以他们以算计回应着别人的算计。

人们离开土地本来就不容易。离开土地后，在外面如何活出尊严，又将成为一件简单而又艰难的事。

四

我仍然深深地眷恋着土地，种粮也好，种树也罢，土地总是养育着我们。妻子名下虽然只有一半亩地，但这就够了。下雨了，我说终于下雨了。妻子说，这雨一下，油菜花就开繁了。城里下了冰雹，妻子便会从窗户望着远方，说老家不会下冰蛋蛋吧。土地已给我们打下了烙印，这辈子，我们再也抹不去了。

土地上的劳作岁月给了我结实的身体，广阔的天地下，我经历了好听叫奋斗，难听叫折腾的心路历程。城市生活使我激情不再，肉体和精神也被时间无情磨损、毁坏。这样的状态，使人意识到你已经老了。

其实，人就像我们开荒时父亲埋在火灰中的洋芋，在土里生根发芽，然后白生生干净地成长，但最终，土地又让它变成了焦黄。

我眷恋土地，也怀念在逝去的岁月中那些人给我的温暖。但我知道，人终有一死。我的父母，我的爷爷奶奶，一辈子都在土地上劳作，最后都回到了土中。某一天，我也必将回到土中，与敬爱的亲人们团聚。为此，我感恩土地，因为到那天，我跟我的父辈们一样，将在土地的怀抱中得到永生。

衣　郎

有心就能抵达

关于灵魂的叙述片段

冰河时代的独语与歌声

物质生活中出没的一只老鼠

衣郎，土族，70年代末生在青海省海东市互助县。主要创作诗歌、散文、文学评论等。著有诗集《夜晚是我最后的家园》《蓝调的刀锋》等。

有心就能抵达

一、存在

“河流的腰部，桥的姿态完美纯熟 / 两座山的乳房上 / 鹰在转瞬即逝间留下影子 / 乌鸦高声部的鸣叫 / 烘托预感，难言之隐 / 暗藏起衰老以及皱纹 /……你在哪里忘记河流，你就会在哪里想起石头……/ 光线隐没，膨胀散失 / 一些留给时间的忧伤的布鲁斯 / 任意地掠过眼睛里的海 / 鸟儿们纷纷离去 / 世界只剩下一个空洞 / 桑士哥的转弯处 / 有些人留下了影子 / 有些人留下了心。”2003 年，我在互助县五十乡桑士哥村边的中学教书时，写下了《桑士哥的转弯处》这首诗。

桑士哥是一个极其普通的小村镇，和我童年生活过的吉家湾没有什么大的区别。院落、老树、河流、颠簸的土路，就连说话颠三倒四的傻子这些村庄的元素都有，唯一有较大区别的是，它是乡镇的中心，可能聚集了更多的乡村文化和少量的集市文明。在那里，我度过了三年时间，我对这个偏远的小镇有着极为迷恋的情怀。它立身于寂静的山间，没有张扬的痕迹和自我的迷失。

在我看来，简单而平凡的事物总有一些神秘的东西在里面。所以我从未对身边微小的事物有过偏颇的遗忘或者忽略，刻意而深入的探求倒是有过些许。我时常愿意在它们面前驻足，用交流或抚摸来接近它们真实的内心，也许在它们内部，存在着或多或少的没落和偏执，但丝毫不影响它们对真实品质的贴近，没有过多修饰的东西呈现的其实就是我们已逐渐脱离的本真和纯粹。就像桑士哥村，这个豆丸大的小村镇，我曾多次漫步其间，寻找让自己或让别人动容的画面。我所找到和发现的也许仅仅是农业文明与工业文明的挤兑和悠然自得的生活状态。在那里，一个人拥有快乐、烦恼、情绪化、小失落、谎言甚至怨恨，但绝少假笑、压制、四平八稳、老谋深算。也许我的这种寻找掺杂了一些自我的情绪，但不是说过吗，我们缺少的不是美而是发现，所以我始终未停留过自己的脚步，现在和将来。

二、记忆

某些事物在记忆里让我感到对时空的敏感和对事物之间神秘关联的认同,比如说,桥。在桑士哥村的最上端是“东风大桥”,破旧而且简单,50 多米的东风大桥两边的水泥护栏已经残缺不全,桥下的河水显得瘦弱而且萧条。瘦弱的水让我想起母亲、姨娘或者姐姐,她们终年在山间劳作,孕育了众多儿女,肩膀上扛着这个多风雨的世界。她们柔和、美丽而且低调,就像一场电影的背景音乐,用低音烘托出画面和情感。而现在,在桑士哥小镇上,我看到了这样的水,桥下的水虽然显得稀薄,但也小家碧玉,颇有几分风韵,它除了展现自己的存在以外,还让一座桥得到了应有的高度和赞美。等到草绿河清了以后,河滩边的空地上每年都会举行花儿会,小伙子们会唱着那些“尕妹妹你们坐呀,阿哥们是出门去的人呗”的情歌,姑娘们会在歌声里遭遇爱情。残桥弱水,那些裸露在岸边的石头,点缀在河边的杨柳,那些心存感恩和念想的人看到,语言的流溢,必会在瞬间激起。喧哗过后,恢复了往日的平静。桥、河流、石头、树依然安静地回到自己的内心,在静默中看到时光一点一点走远。然而，最具光彩的也是这些简单的事物，它们没有炫耀的资本，也无张扬的性情，有的仅仅是将自己放在世界里，完成和奉献自己。

三、时空的剥落

时间总是让易逝的东西容颜尽换，但它在剥落事物外部形态的同时，也留住了事物的内在品质，累积起传统价值的递增和文明程度的上升。作为丹麻、五十、松多和红崖子沟几个乡镇互通的交通必经之地，桑士哥小镇业已构建了诸多物质文明的积累。小镇上各种商铺琳琅满目。小饭馆、五金店、米粮店、布匹店、诊所等罗列在街道两旁，里面夹杂着店主的吆喝声和讨价还价的声音。那些小型的农用车和低档的汽车在街道上穿流，将货物运送到各处，赶集的人们背着大包小包在商铺里来回转悠，农闲的老农蹲在马路边的台阶上抽着旱烟，漫无目的地闲聊或“掀牛九（一种牌戏）”。中国农村商业模式的构制，就是在这样一个普通的日子里建造并且延续的。互助县是全国唯一的土族自治县，而桑士哥村又是土族的聚集地，有着“湟北诸寺之母”的佑宁寺坐落在北面，南连西藏后弘鼻祖喇勤贡巴饶赛的圆寂处——白马寺，近年来又在隔壁的北庄村发现了百年前的土族故居，实在让人为其神秘的色彩感到惊叹。

先人们早已远去，在另一个国度里回视，生命活动创造的遗产，为后人赢得便利与丰富，我们在先辈们遗留的文明里找到自己并完成自己。古镇在逐步累积文化传承和文明建设中已逐渐失去了破旧和愚昧，工业化队伍的身影已经悄悄投射在思想境地里，人们短时间内可能会获得“啤酒”和“咖啡”，但我们还是在钢筋水泥里时常犹豫。

我们为后来者创造了什么呢？难道沉淀的文化和记忆要在工业文明里缩水，最后被千篇一律的格式文明所风干？

四、触手可及的疼痛

桑士哥的村落建筑和所有土乡村落一样。黄土坯墙，松木平房简单而又协调，一个家就是一个城堡。各家各户像晴朗夜空的星星一样散落在田野里，静谧地呈现大地上的别致之美。院子之间一般都是四方的花园，还有煨桑台，畜舍都在角落搭建，精雕细琢的松木大门和房梁将土族儿女“精致”的心灵完全呈现了出来。傍晚时分，屋子上空的炊烟接连而起并四散而去，一阵阵鸽哨声间或打破了宁静，既而又恢复到祥和之中，孩童们在村子中央的空地上玩耍，踢毽子或丢沙包，道路两边堆满了草垛和粪堆。村边的小河里河水四季流淌，虽然时常仅仅是小溪水，但它是孩子们最好玩的地方，到了冬天，结成的冰河还可以滑冰，增添了不少乐趣。东西两侧的大山将小镇包围在怀里。

在桑士哥小镇里我时常穿行，我喜欢这种小村落，没有浮华的荫罩，没有工业文明粗重纹络的痕迹，有的仅仅是平凡的生命和粗朴的生活。在赶毛驴的村民和背柴火的妇女之间我能体味到我的童年和这个时代清晰走过的声音，明亮而且亲切。这些平常的事物构成了一个村落的精神图景，也许，一个民族的信仰就可以简单地物化为身边伸手可及的事物，这种信仰才真的有所依靠。

五、我们、他们、亲人们

桑士哥小镇上让我难忘的，就是土族同胞们。这些土族人民在这里久居，土族文化习俗和景象自然不少。他们保持着土族人婚丧嫁娶的礼节，延续着古老而特别的传统。交流的语言平常都是土语，婉转而急速的语调会让异乡人惊诧。这个曾经在马背上驰骋的游牧民族，旧时辉煌便在不经意间流露。走在村镇上，随处可见身着七彩花袖衫的土族妇女们来回穿行，她们头戴各色鲜艳的头巾，红扑扑的高原风光脸上时常挂着开心的笑容。憨厚而朴实的土族男子让人们感到这个村落的亲切和厚重，他们通常身着半褂服饰，腰系红色腰带，显得精神而且健硕。这让我想起他们中间有一个叫桑木措的土族小伙儿，他时常带我到他家去吃土族风味小吃、喝青稞酒，他热情豪爽的性格一直让我难忘。

我对这个平凡而古朴的小镇充满眷恋和敬畏，在中国的任何一个地方都可以找到这样的小村庄，因而它凸显出了它的母性之美。

我们每个人都在寻找美，美其实无处不在，或许就在我们身边。只要有心，我们就会抵达。

关于灵魂的叙述片段

——诸多时代消失，必然有谁谈论灵魂

一

光线一旦被峰顶、树梢所遮挡，夜色便会在顷刻间袭来，无形无状，灵魂将会在时间的上空翩然飞翔，夜晚的来临，在不同的角度下都可以击溃怀有情感的人的某根神经，诗人们拿起笔，打开想象的闸门。

科技的发展，使得神灵的住所在茫茫苍穹间消失，人们把诸神的茅屋搬回了内心，构造了一个由语言、幻想、感性供奉的灵魂避难所，在这里，人们返回自我，迷恋者没有翅膀，借助话语的庇佑，游翔于神灵的天际。

中国道德文化所强调的自省内悟及其造成的心理状态，使得灵魂的生存有所依据，相对于西方模仿写真方式，自省内悟的灵魂附体使人们的诸种心理因素获得内在的心灵与想象的结合，内心体验更具主观的模糊与超脱，这就给中国艺术提供了更为广阔的艺术想象空间，灵魂便在身体之外借助大脑展开翅羽。

二

火焰升起，是在黑夜，是在水底，诸多怀揣词语，被语言的锋刃刺痛的人们在夜晚放逐灵魂，喜欢在其透彻的内部完成对生命的提升，很多时候，语言文字中运用“夜晚”这个词，其实，我们并不是被其词语的张力所引诱，而是被词语与符号创造的这个诗意的栖居地和空间所遮盖，滋生在一个被黑夜、灵魂、词语包含的世界里，而这个世界将我们引向某一种心境和感觉。

“密涅瓦”是古希腊罗马神话中智慧女神雅典娜，栖落在她身边的猫头鹰则是思想和理性的象征，黑格尔说，哲学就像密涅瓦身边的猫头鹰，它不是在旭日东升的时候在蓝天里翱翔，而是在薄暮降临时才悄然起飞，也就是说，哲学的反思必须是深沉的、自甘寂寞的。在我看来，此种喻意，更适合诗歌。光线隐没，诗歌带着想象的翅膀穿梭于河流、石头，抑或干脆就依附在一只大鸟的羽翼间，在黑暗中摸索，没有杂质，没有极限——但我拒绝凌空蹈虚。美国诗人罗厄尔倚在床边，轻声叹息道：“夜睡在身边 / 冰凉如一支利剑 / 它和我孤单。”这位终生未嫁、生性好强、最喜欢标新立异的女诗人，竟然在夜晚发出这样的叹息，着实让人一惊。“我是一个因担心混浊的最后洪水 / 而行走的人。天气晴朗 / 在最明亮的夏天。天黑了 / 永远地黑了，无边无际，无穷无尽。”法国诗人博纳富瓦在一个强大的声音隐遁的背后，灵魂在两个世界之间立足，黑夜升起，淹没了词语的深渊。

在说到灵魂时，我喜欢摊开黑夜的温床，多年来，我一直认为灵魂是有形的东西，它每晚都光顾我的屋舍，同我交谈，推杯换盏，天明之后，就化身为我身边的每一件随手触及的生活物品，甚至包括爱情。

三

我们在蔑视身体的同时却不能神化灵魂，只有在我们中间真实地生活过的灵魂才是真正的灵魂，在这一点上，我不欣赏海子童话般的诗歌境界：“夜的女儿，朝霞的姐妹，黎明……”“夜晚，我从星辰上坠落，使墓地的群马阉割或受孕”。他试图寻找一条抛弃肉身而灵魂单独存在的道路，这样是寂寞的，也是可怕的。试想，他在无限地接近火热的中心的同时,最终只有抛弃世俗的东西(身体)，自杀便成为隔绝尘世烟火的唯一方式。直到现在，我们在惊叹其卓绝的诗歌想象技艺和惋惜天才的消逝的同时却惊醒，身体与灵魂必须相互取暖，这样才能越过漫漫荒原。

电影《人鬼情未了》中萨姆的灵魂一直萦绕在米莉左右，但无法与她真实地接触，萨姆对此无可奈何，只有借助凡人的身体，才能彼此拥有。米莉对萨姆说“我爱你”时，萨姆喜欢说“我也是”。那么，当有一天灵魂对着身体颤抖地说出“我爱你”时，身体是否也应当回敬一句“我也是”？

四

佛教典籍对世界结构通常做两种表述：一是把世界分为佛国世界与世俗世界，二是把世间分为有情世间和器世间（有漏世间）。如果修得正法，人死后，灵魂便会迁往无漏世间，这是对死亡的诗意叙述，让人感觉脱离了身体的灵魂在天宇间自由且守恒。其实，死亡和灵魂在中国文学中被割裂开来，好像人死后才有灵魂，人不死，对灵魂便无暇顾及。我们过多地升华了死亡的意义，而没有注意到死亡只是生命的另一种原型。海子之死，是诗歌内核中心火焰燃起，内部能量的一次性爆炸；戈麦之死是“坚定的艺术精神在释放过程中所必然带走的痕迹”。他们只是在完成语言的整体成熟时付出的个体的代价，当一个人“骨髓里降为零度”（狄金森语），死亡是黑暗的，但它不代表光明的前奏，是生命长河中的一个符号，很显然是句号。

这使得我们想起20世纪五六十年代兴起于欧洲的现代形态艺术——行为艺术，它强调和注重艺术家的行为过程的意义，很多艺术家都以死亡来为艺术创造更为拓展的空间，奥地利年轻的艺术家考格勒为展现人体的力量和深度，慢慢地解剖着自己的肉体，微笑地看到了自己钟情的艺术细节，年轻的生命骤然消失。而法国的克莱因则为体验人徒身从空中坠落的感觉，坦然地从楼层高处跃下……而诗人王家新在内在的精神被话语的词根牵引而唤醒之后写道：“为什么不能变得安然一点儿？以我们的写作，把逼近的死，再一次地推迟下去。”智性的歌者波德莱尔在摆脱命运的牵绊中奋笔疾书“我憎恨遗嘱，也憎恨坟茔”，灵魂在通往罗马的路旁暗自庆幸。

五

所以，我写诗，写一些身体与灵魂交织的诗。

冰河时代的独语与歌声

前些年有很长一段时间，由于工作、生活的原因，我时常往返于互助、平安两县。

这种往返和对过去时光的回忆，更多地是在两地之间的牵念与留恋之中刻下时光印记里的爱恨，并把它们以最为感性的方式付诸于文字，并且在这文字的背后增加我目光的关注，情绪的波动和生活中不知疲倦的投入，以期希望出现我念想里浮现的动情画面。这画面包括：爱人忙碌的背影，孩子天真的话语，小小家庭淡淡的温暖和惬意。

之所以说到冰河时代，是因为那年冬天，在我每天早晨搭乘的平安的大客车上，司机师傅老喜欢放那首节奏流畅、动感十足的《冰河时代 2》，也许在他看来，如此节奏感十足、直指人心的旋律适合赶走他早起的睡意和迷幻的梦境。而这首歌带给我的，则是对那个冬天的留恋与怀念。

那年冬天，雪一天接着一天，客车要经过的平安县小峡镇一直在雪的怀抱里浸润着，被风雪盖上厚重的外衣，像是过气的老歌手，还在吱吱呀呀的踩踏声中哼唱沉闷的旋律。而我，一直穿梭其中，感受着这个季节翩跹带来的外在触痛以及内心对过往的沉思。这个冬天，白天忙于上班，在办公室里的稿纸和电脑之间来回奔波。而对于雪的更多的接触，就是早晚赶路时听到客车压在它上面的吱呀声和扑来的一阵阵凉气。所以我便没有了“孤舟蓑笠翁，独钓寒江雪”的洒脱与惬意，也没有“晚来天欲雪，能饮一杯无”的豪放与性情。我只是在《冰河时代 2》的歌声里触摸到了一丝丝音乐之后的悲伤与动情，而这份心灵的感伤在我的情绪里待了很久，以至于现在听到这个歌声，都会回忆出现漫漫大雪和雪气里传来的一个旅人的梦。这是一场认真的雪，这是一整个冬天对心灵空间的多情填充。而这个梦，也许就是对雪之外思考空间的多情想象。

雪，覆盖了小峡镇上几乎所有的村庄，在早晨熹微的晨光里，静穆的村庄宛如一座座冰雕，不露声色。早起的人们或扫雪清理，或生火做饭，炊烟在雪天里格外醒目。树挂上颤巍巍的雪块似乎快要落下，撞碎自己或者掩埋地上的杂物，这不禁让人揪心。汽车在小心翼翼地行驶，车厢里满是昏昏欲睡的人们，清醒者必是若有所思的样子，似乎就从未在睡梦里酣畅淋漓地游荡过。地上的雪吱吱呀呀地发出响声，像是对车轮发起反抗。虽然在车里看不见小路上动物在夜间光临村舍的痕迹，但早已想象得到野兔或者山鸡来回奔走的凌乱的足印。小时候，清早起来，我们总是以动物的足印来印证它们是否光临院落屋舍，然后带上小狗满山遍野寻找猎物。

想起这些，似乎就温暖许多，但紧接着就是莫名地惆怅，客车上一如既往地放着那首老歌，歌词里蕴涵着那个孤独的旅人寂寞的心声。“又一次地我冒险下了赌注，希望能得到你的青睐”“你梦幻般点亮了灯，以你一贯的方式”“我禁不住回头，就像我禁不住探索那错误的轨迹”。这首一开始就突破性地植入了男歌手具有穿透力的声音的歌曲，它似乎在诉说着对过往的真诚而洒脱，就像歌中最后唱的“但是我却越来越强壮”一样，它的旋律和沁人心脾的声音似乎证明了歌曲所表达的那个意境，婉转而不颓萎，悲伤而不沉迷。

而我在这个冬天和这首歌里，似乎嗅到了故乡醉人的酒香、平安驿里无时无刻不在的牵挂。在这些清晨和傍晚来回奔跑的大客车上，我似乎更加理解了“在路上”的感觉。古希腊哲学家曾说过，人这一生，只不过三个词：出生、在路上、回家。我们终其一生，只不过是在路上，越险滩戈壁，家只是一个渺茫的希望。在这个冬天，我也许学会了用审视的眼光去打量这个世界，并且和它做着许多所见略同的意见交换。这让我非常惬意于这种孤独的旅程，正是在这些不同的时间里，我读到了旧时代文人们在风雪交加的夜晚里不眠的思绪，我读到了故乡的火炉旁家人哈气时动人的表情。我时刻想着要完成一种姿态，去迎接他们、她们和它们的真诚到来。

同时，我也想起了前苏联著名诗人帕斯捷尔纳克，他曾经在冰天雪地的乡村写下如下诗句："想到它，就会不寒而栗——扼杀生灵的白色王国，我对它低声慢语：感恩吧，你的赐予比索求多。"从他的生活经历来看，他的善良和宽容是多么伟大。1958 年，他获得了诺贝尔文学奖，而仅仅在其获奖的几天后，苏联作家协会便开除了他的会籍，剥夺了他苏联作家的称号，甚至有人举着标语游行，希望将他赶出苏联。但他在遭遇不公正的待遇后，依然认为写作是他欠下这个时代的债务，他有责任用小说讲述自己的时代。帕斯捷尔纳克在孤独和痛苦中度过了人生中最后的两年，于 1960 年辞世。1986 年，苏联作协为他恢复了所有名誉，并且成立了帕斯捷尔纳克文学遗产委员会。但是，所有的一切，像是这个时代对他最大的辜负，是时代欠下他的债。之所以想到这些，是因为看到雪，看到客车上昏睡的人们，看到这个冬天很多消失、掩埋和融化以及固执不变的东西，我就会想起帕斯捷尔纳克诗歌里泥泞的混响、墨水足够用来痛哭、火炉中青铜的灰、夜莺的颤抖，它们像是鞭策、激励我认真地对待这个多情的时代和丰富的世界，所有一切像是在用写作来完成命运的最高律令。也许,我现在的写作,在文字中的流连徘徊,真的是“我禁不住回头，就像我禁不住探索那错误的轨迹”。

如今，我已久居平安，刚开始来回辗转的时候，对平安的理解，起始于这首歌和这条小峡镇的道路，还有冬天久积不化的雪。平安驿是唐蕃古道的重要驿站，公元641年，唐太宗将文成公主远嫁吐蕃，文成公主沿唐蕃古道进藏,也许,就在平安这个驿站,曾留下她深情的回眸和留恋。就像上述所说的歌中唱的一样，“你梦幻般点亮了灯，以你一贯的方式”,文成公主点亮了唐蕃古道上的星空,从此,文化运河已然开启，她创造了那个时代灿烂的文化，并且遗留给我们诸多精神与文化遗产。也许，我们的文字，只能成为遥远星河里的一颗或者一瞬，但是，在冬天，能够温暖一个孤独旅人的心已经足够。它的反光，或许能照亮我接下去的一段旅程。

而现在，写下这些文字时，平安驿的冬天已经来临，一场久违的大雪让这个世界披上了素洁的外衣，我们行走其中，仿佛置身于老朋友的聚会，亲切而感人。孩子总是喜欢出去堆雪人、打雪仗，似乎对雪有特别的亲近感。爱人裹上厚厚的外衣，在瑟瑟的雪天享受着孩子的撒娇，偶尔还在夜里拿出稿纸，抒发一下对冬天、对雪的感慨。

最后，用奥地利诗人特拉克尔的一首诗歌《冬夜》来结束我对那个冬天的怀念，就让更多的文字表达出它外在以外的意境，为这个逝去的年华注入温情的血水和背景音乐里悠扬的情与爱。其实，我最想说的是，在寒冷的季节里，也许被冻化、被覆盖、被忽视的东西很多，包括我们时刻爱着的心，要不断地用词语的精神来温暖，愿这美好的东西在雪地里更能凸显它的纯粹和本真，不被人世间的寒冷所禁锢。

雪花在窗外轻轻拂扬／晚祷的钟声悠悠鸣响／屋子已准备完好／餐桌上为众人摆下了盛宴／只有少量的漫游者／从幽暗的路径走向大门／金光闪烁的恩惠之树／吮吸着大

地中的寒露 / 漫游者静静地跨进 / 痛苦已把门槛化成石头 / 在清澄光华的映照中 / 是桌上的面包和美酒。

物质生活中出没的一只老鼠

我是一只老鼠，我在 1999 年的某个夜晚意识到了这一点。

我需要在粮食里寻找温暖。

每天晚上，我爬出洞穴，和语言交流，和灵魂打赌，而后迈过屋舍，在后山的坟地里啃吃树皮和骨头。看见光，我就跑。我可以忍受怒放的黑暗和沉寂，却无法忍受在光亮中戴着的面具和嘶哑的时间叫卖声。

但是有一次，看见光我没跑。

那道微弱的光来自另一个世界，它照在冰冷的墙上，像抚摸过河流的手，柔软而且静谧，我周身一颤，光就消失了。光的消失带来了那年冬天最大的一场雪。我多次在光亮抚摸过的墙壁上徘徊，寻找那使我的灵魂颤栗的东西，而遗留的痕迹仅仅是略带苦涩的草香。所以直到现在，我认为这就是光的味道。这束光亮，让我学会了对神秘世界的思考。

肉体的疼痛曾经使我迷失。我的身体里有一道无形的疤痕，那是我 6 岁左右时自己从高处坠落造成的，它造成的后果是让我在以后的四五年里不能正常说话。那时，我感到肉体和灵魂是剥离的，就像骨头和水，相关却不相连。漆黑的身体和明亮的心灵在需要对外界做出反应时，不能步调一致地完成对抗或者策应，它们相互纠缠和撕咬，相互诋毁，试图让它们内部劣质的存在有一定的合理性，没办法，我只能用无目的的等待来驱散内心的恐慌。当疼痛来临时，肉体不属于我自己，我只是在它那里找到了安放情感的居所，把 6 岁的梦想折叠起来，搁在内心深处。成长让我体验到时间在身体内部的缓缓移动，悄无声息，却让一个人感到莫名的失落。肉体的缺憾使得我不能对这个世界的美和丑有刻意的表达。幸好，这个世界的有些事情也真的不需要表达。而现在，由于身体的新陈代谢中那些面无表情、令人生厌的元素的介入，病痛使得人们一些美好的想法变得苍白，有时候，我们每个人都需要借助药丸来完成肉体和心灵的双重飞翔，所以我在触摸药丸时，时常感到像是在触摸自己的身体。我那由于疼痛而迷失的身体也得到了慰藉和缓解。

除了关心身体以外，每个人都会在其他的生存方式里找到心灵的伙伴或另一个自己。

我经常深陷于那种迷恋式的阅读。我知道，这种喜好让我错过了更多的作家和作品，但我依旧安心于这种惯性，时常在我倾心的作者面前驻足，静下心来，看江湖在他们身旁游走。我在阅读里完全把自己置换成一只淘气的老鼠，让自己有个体的背影和生命里完全不同的行走姿势。有一次，我爬出洞外，漆黑的夜空下似乎有几点鬼火在天宇间闪烁，我蹲在田垄的石块上，端详着这个安静的村庄，虽然有些孤僻和荒凉，但老人和孩童的声音成为它最具质感的品质。我想，缺少他们，就缺少了生命中最具磁性的元素。我游荡在旷野中，寻找可以保全生命的草皮和树根，途中遇见我斗不过的家伙，我会躲起来，偷偷窥视它的踪迹，等它走远，我又会悠悠地在田野里漫步，找不到食物，找到一双鞋也行，可以带回家，放置身体，放置脚步，放置灵魂。我一会儿是人，一会儿是老鼠。现在，我将回到人的阅读里。我不可避免地接受着食物以外的东西对我的滋养，包括爱和仇恨，尤其是来自外界的批评让我静下心来可以拿掉我身体内部多余的部分。阅读就是对我心灵的一种取暖，借助煤球和柴火，让自己伸出的疑问之手被周遭笼罩，而缩回来时，可能会获得上帝的礼物或抚摸。

思考让我感到个体在整体里产生了火花。薄暮来临，我缩在自己的小屋里阅读并且思考，一个人看着时间在书本里穿梭。虽然时间它拿走了我光滑的额头和少年意气，但留下的诸多关于生命的追问和思考，等待我用一生的时间去探索，这些追问来自于我的那些鼠类子民，它们整天劳作，将麦粒搬回家，又在洪水来袭时举家搬迁，曾遭遇过病痛、敌害和情仇爱恨，最终死于非命。而活下来的都是王，都是它自己的王。它们在经历磨难之后，开始向命运发问，而我也是其中之一。我在简单而寂寥的空间里埋下了自己的命运，看一个“个体”的天荒地老……每当我伏在桌案上或漫游在荒野里时，思考显得尤为重要，我在没有任何链接的条件下，完全可以抵达两个世界：一个是真实的存在世界，一个是虚幻的灵魂世界。思考就是一座桥梁，而我来回穿梭于桥上。正如尼采所说："人类是一根系在兽与超人之间的软索。人类之所以伟大，就在于它是一座桥而不是一个目的。人类之可爱之处，正在于它是一个过程。"我在真实的存在世界里谦卑地体察微小事物内部丰富的内心，它们有各自的消亡过程，只是人类不易察觉。而我在虚幻的灵魂世界里可以抛弃翅膀自由飞翔，借助想象，我们的时代才能创造出更多的工业文明。我知道，对于个体的思考，只能是渺小的火花，闪现灵光，烘托思想，像一群羊里的一只羊。但我们不能没有羊。

写作让我一步一步完成对自己的完美提升。一个人的写作是在拯救自己的生活，而在拯救的过程中产生的光亮可以照亮另外一些事物的阴影，这种阴影可能包括疼痛。而写作的价值在于用自己的舌头说话，发出不同的声音，虽然微弱，但至少可以局部调整所关注事物的和声走向，这种风格的存在让作家或诗人显得孤立而且自我。这虽然与公认的美学原则可能有所偏差，但凸显的美，可以让这个时代改变它发声部位的调整或色彩的变更。当我在几年前读到“写作不再是某本书两年后盲目地被另一本书证实，而是一个生命写下的东西在其多义和形象的深度中只不过是一个消失的草稿而已，渐渐形成的，是一种向着自我的在场，是一种命运，目的明确，关心着意义”（斯塔罗宾斯基语）时，我已经放弃了对某些时尚写作的倾向和随声附和的追求。

安静下来，我在我的灵魂上抓下了一条痕。

然后，我躲在洞穴里把关于那些活着的目的和意义的故事讲给子民，让它们爱戴器具和粮食，一生不要脱离自己的根。说起黄昏，它们也时常饱含深情。曾有一只小老鼠说：我们要把自己放在哪里？我似懂非懂，含糊其词地告诉它：你是老鼠，所以你必须得掌握白天和夜晚的交替。那年秋天，我们在窝里用麦秆编织宫殿，用粮食酿酒喝，细心地照看年迈的鼠王，它始终沉默不语。我们知道，冬天一过，它就会在大雪中埋掉自己，它一生创造的家园，将会在一场拼斗中属于别人，它写了一封遗书，只有一句话：“我们不再需要粮食，我们需要的是阳光。”它死了，有一首诗在松木桌子上落成：我们不在冰冷的路上冒险，我们不再需要来自身后的赞许，要说就说两个字：活着。

我曾经对一把椅子有过一次长久的注视。它在墙角安详地站立，从白天到夜晚，从来如此，它曾经陪伴着屋子的主人度过了几十个春秋，其中包括大主人和小主人，我是这屋子的小主人，而我也是这屋子里时常往来的一只老鼠。当我的父亲谈起生活时，我便会在角色的转换中为他支起这个多风雨的世界。当父亲问起“爱”时，我说，我没有恨。对椅子的注视使得我的肉身显得沉重起来，因为我发现，它除了承担我们肉身的沉重以外，还要承担我们的思想。确切的例子是，我在一个秋天的黄昏运用语言对灵魂有过一次较长的描述，而整个过程它都在吱吱作响，就好像是灵魂舞动的节拍器。而我又以一只老鼠的身份趴在洞口目睹了整个过程，椅子在沉默中暗含金子般的分量。由于物质生活的需要，屋子的小主人和我同时在椅子的光线里“走掉”。他要去吃饭、洗漱和睡觉，而我又要去招呼伙伴去村后的坟地里寻找食物。我很少在夜里打扰他寂寞的写作，他已很少在夜里对我有过不愉快的眼神。

从那时候起，我开始对身边这些简单而平凡的事物有了强烈的对话意识，我感到，它们的内部都有一个迷幻的世界，用来放置沉默和忍受，支起人们的思想，拥护美好，理解颓废。它们从不说话，从没有向人们要求过什么，它们的存在就是为了更加凸显人们以王者的身份存在。

一把椅子却使得我和我的另一个角色彼此之间有了交流的欲望，他埋下头来写道：放弃对黎明的期冀，让自己融入夜晚的黑，和眼睛的黑一起滑向无边的黑暗，放弃对一把松木椅子的奢求，让它就这么静静地立着，支撑我寂寞的写作，写出一节车厢，一个人颠沛流离的半生。我在洞口饱含眼泪，转过身去，钻进洞口，寂寞地躲在窝里啃吃从未尝过的石头。

我需要用粮食来解开世俗生活的柴门。我在寻找粮食，我需要用粮食的温暖来贴切地靠近生活、靠近大地。这是所有活着的事物都经历着的道路，我更不例外，在暗夜里嚼吃麦粒，喝掉剩余的酒水，独自把生活的真相用文字解离得支离破碎。试想，除去食物和身上的皮毛，我们便所剩无几，所以我暗下决心，在这个欲望膨胀、肉体和灵魂交替变化的时代，我要争取更多的粮食喂食子民，呵护家园，看青海高原的草木盛开又败落，然后在晚年的泪水里寂寞地吃掉自己。

我深知对粮食的渴求会在更长的一段时间里让一个人疲于奔命劳顿，甚至消磨掉对美的幻想，然而这种渴求却又让我贴近事物的内核，理解了在时间消失的过程中，琐碎而冗杂的东西用粗糙、低俗和平庸构造了一个真实的世界，像一只被别人诅咒过的乌鸦，暗含不可知的将来，里面可能充斥着颓废，还有一些可能会被漏掉的诗意和光阴。

那么，我为什么不能活在俗世里提取美的汁液呢？

我是一只老鼠，这种意识让我更加接近真实的自己，我在生活、阅读、思考、写作和对粮食近乎痴迷的追求当中试着摆脱命运的纠结，让自己解开，分离为两个不同的个体：一个活在世俗里花天酒地，一个活在灵魂里安居乐业。

某个夜晚我蹲在洞口看一个孤独的男人用墨水淹掉自己。而在另一个夜晚，我伏在书桌上用文字为一只物质生活中出没的老鼠把脉。

那朝庆

那朝庆，土族，1973年12月生于互助县东山乡。青海省作家协会会员，互助县作家协会主席。近年来潜心诗歌、散文、小说等的创作，《村庄的记忆》《山那边》等多篇作品在《彩虹》《中国土族》等杂志上发表。

大 墩 岭

行走在山路，我总是犹豫不决。虽然我知道山里的每一条岔道都能通向山外，但我不知道该选择哪条路。总会有一条路是最近的，也是最好的，但我们的选择还是会出错。看似平坦的路，却不一定能走出去。这不，行走在山路上，我前面的终点是远在东山岭上的大墩岭，但拐来拐去还在山岭间盘旋，虽然我的眼睛已经清晰地看见了大墩岭，但我的脚还没有踏上大墩岭的土地一步。其实开车上山本身就是一个错误。多年来，我们把路交给了车子，而我们的双脚已走不动路了，一些原本很好的路，在我们脚下就变得不好走了，以至于有时候走不下去了。如此想来，今天我即便到了山顶，也达不到我的目标。每次从大墩岭脚下走过，我总会怀着一份敬仰。这座并不算太高的山（我查了一下，大墩岭的海拔高度为 2780 米，和互助众多的高山比起来，这真的算不了什么），因为和我们离得如此近，又因为人们赋予它太多的信念，才使这座并不算出名的山给了我一份敬仰和向往。

大墩岭（亦称大东岭、五龙岭、五龙头）位于东山乡白牙合村、东沟乡花园村、丹麻镇桦林村、索卜滩村四个村的交界处，通村公路绕过大墩岭东接丹麻镇，北通东沟乡，南沿山岭连接东山乡大泉、贺尔、吉家岭等村，一直通到塘川镇。从地理位置来说，大墩岭俯视着东山、东沟、丹麻、塘川、哈拉直沟、东和、威远镇等多个乡镇，可以说是附近几个乡镇的制高点，也是县城威远镇附近最高的山峰之一。由于地势高，地理位置特殊，1982 年 8 月，县广播电视台在此筹建了电视差转台。起初，我对修建电视差转台，感到非常神秘，就如关于大墩岭的神话故事一样，有一种无限的好奇与盲目的崇拜。这自然和我的知识与理解力有关。在一座高耸的山峰上修建如此庞大的工程，对一个不谙世事的孩子来说是难以想象的。自然，它的存在在我还未成年的心中无疑是一个解不开的谜，就如许多传说一样。

多年来，过于贫困的生活和苦难，给了人们太多的精神压力，无以慰藉的精神家园就被一些并不可知的神话给占领了，信佛敬神自然成了人们生活中最重要的信仰。也许大墩岭就该承载这样的信仰，它的存在毫无疑问就与神扯在了一起。于是大墩岭就给了人们保一方平安、护一方百姓的精神寄托。于是自然而然地，这里燃起了香火，并且还香火不断，就如许多传说一样，谁也说不清这里为什么会有香火，香火到底敬给谁，这就如世上有没有神一样，没有人去说，也不会去想，但和所有的敬神者一样，我对大墩岭的敬畏确实是存在的，并不去想这敬畏是给了神还是给了山，更多的是给了自己一份从容的精神需求。

多年来，大墩岭的香火和大墩岭电视差转台，一并存在着，并且给了大多数人一种神奇与向往，他们的到来或许是为了登高抒怀，或许是为了依然运转着的现代媒体，了却自己的一份好奇罢了。不得不说的是，目前，大墩岭电视差转台不但转播中央台、青海台的部分广播电视节目，同时还向全县转播互助广播电视台的电视和广播节目。县内大部分山区的电视节目还主要靠这里传送。我想它的存在仍在为地方经济和社会建设发挥着巨大的作用。

互助人信佛，无论土族、汉族还是藏族都笃信佛教。这可以从遍布互助各地的佛教寺院和坐落于村寨的庙宇得到见证。人们把自己的信仰寄托于佛，把对生活的美好期望幻化成了对佛的无比虔诚。传说大墩岭是龙王的属地，每逢农历初一、十五，龙王就会来到此地，为他的属民们送来福音，降魔除怪，解除病痛，保佑众生。于是每月初一、十五，大墩岭上就香烟缭绕、油灯闪烁、经幡飞扬，众多的香客点灯上香煨桑，祈求神灵保佑。有的香客还带来了祭品，馒头、水果等应有尽有。每每香客们走了，附近村里胆大的孩子们就来偷吃祭品，说是吃了这里的祭品能消灾去病。更有虔诚的信众会献来活的祭品，如牦牛、山羊、公鸡等牲灵，这些牲灵一旦献给了山神，就属于神，成了神的牲灵，被称为神牦牛、神羊、神公鸡，再也无人敢动它了。传说，附近村庄里有一个人偷偷将献给山神的神羊宰着吃了，结果触怒了神灵，导致家中牲畜无缘无故死亡，家里人也相继得了各种各样的病，无法治愈。后来明白是吃了神羊触怒了神灵，就再三祈求，自己也献了好几只神羊，但也未能得到神的谅解，自此家中诸事不顺、穷困潦倒。

我并不愿探究这些传说的真假。有些事是无须去辨识真假的。就如我们大家都通知天上本没有神鬼，地下本没有鬼，但还是对天和地充满了敬畏，就如天地间真有神鬼存在一样。每年我都会选择一个时间去大墩岭，我上山的目的并不是为了敬神，只是去表达我的一种敬畏，对山的敬畏和对神的敬畏。

多少年来，走到这儿的有善男信女，也有慕名敬香许愿、游山玩水的。虽然这里并不是风景名胜，但还是有一些人气的。旺盛的人气就如这儿卯祭堆上的雨花石，一年比一年高，一年比一年多。圆圆的雨花石如同人们的心脏，跳跃着记录着一个个敬神者的故事，亦表达着一个个信徒对佛的敬仰。每年农历五月初一、九月初九、腊月三十，这里总会有佛事活动，有时还会有佑宁寺活佛来这里作法，诵经讲法，祈求盛世太平、百姓安康、风调雨顺。也许是这样的缘故吧，大墩岭充满了一种神秘，吸引着众多远方的客人。尤其是每年九月九登高时节，附近村里的男男女女或步行，或开车来这里登高，上香煨桑敬神放鹿马（“煨桑”，汉藏合璧词语，意为烟祭。“鹿马”是一种印了飞马的五色方块纸，在山顶迎风飘洒，表示顺运）。人们把一年来所有的祝福连同心底的愿望一同放在这里，企盼来年好运。那时，是大墩岭最繁忙的日子，它接待着各地的男男女女，把他们所有的不快连同希望都容纳在大山的怀抱里，就如母亲抱着婴儿一样，把无限的母爱献给了天下苍生。

有时，我也会想，这儿为什么不是一个风景区？

如果真是风景区，这儿就会不一样了。大山的宁静早已被打破了。山里的神秘和人们对山的敬畏也荡然无存了，留下的将会是更多无声的叹息。

就如我今天写下这段文字一样，我不想打破山里固有的宁静，只愿保持它的纯真与原始。

静谧的牧场

农历六月初九，适逢加定扎隆沟跑马会，我随同驴友来到与扎隆沟景区一山之隔的元隆沟，徒步旅行，在感受激情、热烈的跑马盛会的同时，领略元隆沟高山峡谷秀美的景色。我们的车到扎隆沟跑马会现场时，已是人山人海，路边各路商贾争相吆喝，吸引顾客，商品琳琅满目、应有尽有。如今信息畅通了，公路宽敞了，慕名而来的四方游客，或做生意，或游览景区，或参加跑马，一向寂静的山谷，瞬间沸腾了。婀娜多姿的藏族姑娘也穿上了节日盛装，骄傲地展示着青春的靓丽，为大山深处的扎隆沟增添了一种别样的人文风景。我无暇顾及这些，我的目光关注着这里的景、这里的人、这里的情。

扎隆沟是藏族、汉族、土族聚居地，跑马会亦称赛马会，是藏族群众为继承和弘扬民族优秀传统文化而举办的盛会，已有200多年的历史，在每年的农历六月初举行，一般三天。赛马会的日子，也是祭神山的日子，参加赛马的选手和虔诚的信徒用柏树枝煨起桑，吹起吉祥的海螺，群众磕头拜神。然后由扎隆寺的高僧一边诵经祈祷，一边抛撒青稞、圣水，鼓钹齐鸣，云集于祭坛前的骑手和骏马接受佛祖洗礼，以求吉祥。而后，骑手们牵着自己的赛马虔诚地绕祭坛三周后，便翻身上马直奔跑马滩，进行赛马。赛马时，主人要将马精心打扮一番，马不备鞍，在马的头部、胸部、颈部、尾部系五彩缤纷的绫绸，一来表示吉祥，二来显示马的英姿。这里赛马，哪种颜色的马获第一名是有讲究的。相传，华热藏区的战神是骑白马的将军，认为白马为吉，黑马为凶。黑白两马并行，黑马必须让白马先行，这与华热藏族千百年来崇尚白色的民俗有关。因此，无论怎样比赛，最后赢的总是骑白马的选手。如此看来，赛马并不重要，重要的是节日的氛围。

品味赛马盛会，感悟一个民族遥远的过去，让人不禁陷入沉思，藏民族本身就是一个马上民族，藏族男儿英勇、彪悍，多少年来，他们在广袤的草原上放牧，雪山、草地就是他们的家园，牛羊走到哪儿，哪儿就是他们的家，马是他们生活中最为重要的伙伴，可以说，他们的家是驮在马背上的，他们的生活怎么能离开马？如今，社会发展了，生活条件改善了，好多家庭都过上了定居生活，马离他们的生活似乎越来越远。从马背的动荡到田园的宁静，他们深深眷恋着与马为伴的生活，虽然马离他们的生活越来越远，但他们对马的感情却与日俱增，成了他们精神生活的一部分，这也许是一年一度的跑马会一年比一年隆重的原因。

还在回味跑马会的过去、今生时，我们已步行进入了元隆沟中，满眼的绿啊，真是醉了忙碌荒芜的心。细细体味清新、湿润的空气，让人心情激荡。游龙般的高山峡谷，山川壮丽、险峰耸立、两岸陡峭、峡谷幽深，较少人为景观，典型的原生态。在峡谷中穿行，山高林密，山阴中，树丛下，飞泉漱鸣，溪涧泠泠淙淙，飞鸟不时滑过山际，留下一路的怅惘。这是一片美得让人窒息的地方，山上绿树环绕，山涧溪流淙淙，地上山花烂漫、争奇斗艳，碧绿的草地荡漾着山里的情歌，翠绿的松柏挺拔着千年的传奇，怒放的野花绽放着生命的豪迈，一切如在画中，画家的笔行走在这儿，恐怕也难以定夺究竟哪个才是主题。不得不说，夏天是属于青海的。

这些年，旅游成了一个热门话题。每逢假日，人们首先想到的是去哪里转转，领略大自然的风光。伴随着人们生活水平的日益提高，人们对名山大川的渴望越来越强烈，旅游成为家庭生活不可或缺的一部分。组团游、自驾游、结伴游、徒步游，各种旅游方式，给人们的生活增添了光彩。茶余饭后，旅游成了人们的谈资。应该说，人们生活观念的转变是好事，享受生活，快乐生活，是我们所追求的，我们不能被生活所拖累，为生活所苦，为生活所累。中华民族几千年的文化都是在艰辛的生活环境中所创造的，但文化所追寻的正是人们对美好生活的向往。千百年来，我们这个苦难的民族总是与战争、瘟疫、饥荒、灾害斗争，生活的色彩，写满了无奈与抗争。美好的生活总是在一瞬间就灰飞烟灭，盛世如唐王朝，也是在历史的浩瀚中，被无情的战火所摧毁，留给我们的除了感叹还是感叹，生活啊，为何展现在我们面前的除了美好还有无情呢？或许，这就是事物的两面性吧。片刻的宁静，也是生活赐予我们的奖赏，我们真应该好好珍惜。如今，历史的车轮蹚过了几十个世纪的更替，社会的变迁挣脱了发展的桎梏，和平、和谐、和睦、团结、友爱、互助成了生活的主旋律，现代化的生产生活方式解脱了劳动的双手，人们有了更多的时间去支配自己的生活，走进自然成了人们的不二选择。

我对自然向来是感恩的，母亲就是在田地里用孱弱的肩膀扛出了我们兄妹四人的未来。一粒粮、一滴油，母亲扒拉着，支撑起了我们的生活，又算计着给我们付了学费，交了生活费。几亩田地，就是我们生活的依靠。丰收的田野，就是我们生活的希望。我们应该感恩，感恩这片田地，感恩养育我的家乡。我对自然，也是敬畏的，大自然给了人类生活的一切，她以她的宽宏、她的无私，养育着生活在这片土地上的所有生命，我们没有理由不去敬畏她。如今，城市生活成为社会生活的常态。城市生活远离了土地，远离了田野，也远离了亲情，人与人之间形同陌路，即使是一墙之隔的邻居也老死不相往来。水泥砌成的楼房，全是冷漠，失了地气，人多了一些恐慌，多了一些冷酷。好像每件事都与我无关，而与个人相关的事，决不退让，争个你死我活。城市的角落里充斥着贪得无厌。乡村田野间淳朴的民风、真诚和睦的邻里关系成了我们的怀念。田野生活给我们身心的愉悦，也愈来愈成为一种向往。所以围城里的人们，拼命往山野里跑，而还在土地上挣扎的普通民众,往城市里扎,虽然没有根,但那还是一个希望。当然，还有丢了农具进了城，像我一样，曾经的农民，也选择回归自然，寻找曾经的田园生活。我能走出去，还得感谢曾经的农村生活，正是在那里，我学会了生活，学会了坚持，懂得了生活的艰辛,也明白了做一件事不能放弃的重要性。走进田野，给了我一种回归的感觉。在这里，我可以融入，我可以畅想，山那边，永远有我的梦想。

今天，走进这片位于北山森林公园的扎隆沟景区，并不为人所熟知的元隆沟林区时，我被这里诱人的景色所折服，苍松翠叠，曲径通幽，天蓝得透澈，云白得纯粹，树绿得盎然,草长得茂盛,花开得美艳,水清得见底。一路上，我们行走在林荫间，脚下的小草，争着把鲜嫩的枝叶伸向阳光，溪流潺潺地流淌着，用自然的乳汁，哺育着蓬勃的生命，微风吹来，一种清凉夹杂着青草的香味，夹杂着泥土的气息，还有清泉的清香，让人不由得大口吮吸。纯天然的氧吧，药水清泉，怎能让人不留恋呢？从严格意义上说，这里并不是牧场，这里是林区，是扎隆沟天然林景区的一部分，也是药水神泉的发祥地。这里的水流，在矿物岩石间流淌，在各种奇花异草间穿行，每一滴都富含矿物质和草药成分，掬一捧，饮入口中，清凉透澈，沁人心脾，浑身立马清爽了许多。我之所以以牧场为题，着实是因为这里的人们以放牧为生，他们在放牧过程中逐渐感知、逐渐了解、逐渐融入了这方原野，沟壑纵横，地形复杂，峰峦叠嶂，山泉密布，云蒸雾绕，林海浩荡，神奇秀丽的自然山水就是他们的牧场、他们的家园。

该反省反省了，相对于他们，我们无疑就是外来者。我们的到来，肯定会打扰他们原本平静的生活，打破自然的宁静，有了我们，还会不会有第二批、第三批？我说不准，人的嗅觉，有时比最灵敏的动物还要灵，一片原本宁静秀美的山水，人们总会发现并蜂拥而至，然后，这里很快就被人类的脚印所践踏。旅游也是这样，一个风景秀美的景区，是大自然的恩赐，开发旅游，收益的是人，但遭殃的却是自然。经济利益往往是暂时的，但人类的破坏却是长久的、无法估量的。人类意识到了这一点，但面对诱惑，谁也停不下来。当然，我们的出行，愉悦的是自己，也在损害着自然，我们尽可能地做到除了脚印什么也别留下，带走能带走的一切。但愿，这样的环保理念，谁都能接受。

我用我的镜头捕捉，捕捉能捕捉到的一切，好想把一切胜景，都留在里面，但我发现，那是徒劳的。方寸之间，怎能表达自然的神奇与伟大呢？你的肉眼明明看得真真切切的风光，却很难在胶片上留下唯美的全部，草地、山峰、流水、松树、野花还有蓝天、白云组成的画卷是那样阔大，我能拍下蓝天，却留不住白云，能抓住阳光下的花朵，却留不住悠闲的牛羊，还有永远停不下来的流水，匆匆间，已流走了一半的年华。我发现，我的镜头，能捕捉到的是我的感知，这样也好，瞬间的就是永恒的。比如，我用镜头记录下的水转佛经筒，水流的力量，推动了转轮，也推动了佛经筒，犹如藏族阿妈手中永远不知疲倦的嘛呢轮，祈求着幸福，祈求着吉祥。

时光总是短暂，当我还在林中流连忘返时，夕阳的余晖已经映照在红桦林中，一层层卷起的桦树皮，如同年轮，层层叠叠，细细地叙写着小草、溪水、松林还有峰林组成的岁月，奔腾的大通河啊，你流淌的是迷失的青春还是动人的传说？此刻，我最真切的感受是，静谧的牧场，绝不是传说！

湟水东流

清清的海，蓝蓝的天。高天上流云，山尖上流水，海滩上牧羊。这就是那遥远的青海。蓝天与白云间，湟水如一条丝带，在山谷里穿行。带着原野的奔放、山川的豪迈，冲出峡谷，流过四季。湟水一路东流，在大山的臂膀里点缀出片片绿洲，把生存的家园描画在高天厚土之上。

清代西宁诗人张思宪有诗赞道："湟流一带绕长川，河上垂柳拂翠烟。把钓人来春涨满，溶溶分润几多田。"湟水蜿蜒流淌，把阳光和雨露播撒在了河湟两岸，汉族、藏族、撒拉族等各族儿女在湟水两岸繁衍生息、辛勤耕耘。

湟水谷地，土质深厚，土壤肥沃。多姿多彩的民族风情吸引八方来客，撒拉尔木雕、土族盘绣、藏族唐卡、回族美食在这里集聚。若漫步湟水岸头，纵目四望，只见长虹卧波，岸柳倒映，公路如砥，高楼似林，良田漠漠，渠道纵横。夜里万空灯火，映入清波，如抖落的星斗，万斛明珠，风景煞是宜人。

一盏不灭的神灯，摇曳着永不磨灭的希望；

一杯香醇的青稞酒，喝出了青海人的豪爽大气；

一曲嘹亮的花儿，唱出了湟水的汹涌澎湃；

一首动人的情歌，颂出了大山无尽的情怀；

一条涌动的河水，浇灌出了娇艳的民族风情。

这就是湟水，一条滋养文明的河流。

一

湟水并不是黄河。有时候很多人把湟水与黄河混为一谈，认为湟水就是黄河。其实不然，湟水只是黄河的一条支流。黄河哺育了中华文明，而我要说，一条湟水孕育了河湟文化。

从地理概念上来说，湟水是黄河上游最大的一条支流，是黄河的一级支流。发源于西海镇包呼图山。流经湟源、湟中、西宁、平安、互助、乐都、民和，全长370公里，流域人口296万，占全省总人口的57%，耕地面积441万亩，占全省耕地面积的49%。两岸山峦重叠，峡谷与盆地相间分布。巴燕峡、湟源峡、小峡、大峡、老鸦峡和湟源、西宁、平安、乐都、民和等盆地，一束一放，形成串珠状的河谷地貌。湟水谷地与龙羊峡以下的黄河谷地合称为河湟谷地。海拔较低，气候温和，土地肥沃，物产丰富，人口稠密，工农业发达，是青海开发较早的地区。

湟水河包括支流大通河、塘川河在内，总流域面积 3.29 万平方公里，其中 85.7% 的面积在青海省境内。湟水由青海入甘肃后，向东南流经兰州市红古区与青海省民和县和甘肃省永靖县之间，至兰州市西固区的达川，注入黄河，史称金城河。

据《后汉书 · 西羌传》记载，春秋时期以前，湟水流域“少五谷，多禽兽”，人们主要依靠狩猎为生。周考王五年（前 436），羌人无弋爰剑由秦国逃到河湟后，把从秦地学到的农牧业生产技术和经验传播到这里，河湟地区的农牧业生产逐渐发展起来了。西汉赵充国屯田以来，引湟灌溉，直到宋代何灌在西宁等地兴修水利时，汉唐故渠仍然可考。湟水滋润着河谷大地，孕育和发展了湟水流域的农业文明。清代初年西宁道佥事杨应琚描绘湟水流域是“漠漠皆良田”“溪外一片沙鸥白，麦中几片菜花黄”，优美的环境使他产生了“何妨湟水作桐乡”，愿生于斯，老于斯的期望。足见湟水两岸是一个风景优美的地方，但又是一个不为人知的蕴藏着深厚文化底蕴的地方。

二

地球上几乎每一条大河都是一方文明的母亲河流，那些大河交汇的地带就成为古今文明融会的沃土。河谷不但收集水，也收集土，收集大地的其他沉积和人类的文化，最后将它们沿着河床汇集到辽阔的平原和海洋之中。

湟水孕育了辉煌的河湟文化。这里是青藏高原、西北干旱区与黄土高原三大地域单元的接合部，聚居有汉、藏、蒙古、土、回、撒拉等多个民族，因而多元文化特色浓郁。日月山是重要的农牧文化分界线，从海晏翻过日月山向西至青海湖，向南至恰卜恰，便从纯农业区到了纯牧业区。唐时的文成公主，便是从日月山进藏的；著名的藏传佛教圣地塔尔寺，建在湟中县六座莲花瓣地形的中央，黄教文化独树一帜，蜚声中外；西宁市东关清真大寺富丽堂皇，建筑风格和宗教文化驰名中外；具有地方特色的民族婚俗、节庆、服饰、文化艺术，在湟水谷地更是七彩缤纷、气象万千。蒙古族的“那达慕”、回族的“开斋节”、土族的“纳顿节”等，均是具有浓郁民族风情的文化节日。

过去人们通常认为，在4000年前，中原文化已经进入文明时代和王朝国家，青海、甘肃、宁夏一带是相对落后、文明未开的地区，这是不正确的，民和喇家遗址就是最好的例证。

喇家遗址位于青海省民和县，总面积约40万平方米。遗址主要为齐家文化中晚期遗存，是一处新石器时代的巨大聚落，抑或是一个遥远的城邦古国。尤其是发掘出非自然性死亡人体遗骸，是我国迄今为止发现的唯一一处大型灾难遗址。考古学家认为，引发喇家遗址灾难的是一场地震，而摧毁聚落的是随后而来的山洪和湟水大洪水。在喇家遗址还发现了大量陶、石、玉、骨等珍贵文物，特别是反映社会等级和礼仪制度的“黄河磬王”、玉璧、玉环、大玉刀、玉斧、玉锛等玉器，这些都是齐家文化的文明进程和社会发展变化最好的例证。从发现的少数辛店文化墓地来看，喇家遗址还包含了马家窑文化、辛店文化等诸文化的特征，展现出多学科的研究价值。喇家遗址的一个重要收获是发现了结构相当完整的窑洞式建筑遗迹。从分布面积、遗迹规模及反映社会等级制度的文物来看，喇家遗址是官亭盆地齐家文化时期的一个中心聚落，抑或是部落王国的所在地。从发现的面条和人工培育的苜蓿来分析，它以种植业（粟）为主要经济来源，有发达的制陶、制石、制骨等手工业，更有制作精美玉器的作坊。玉料的来源除附近的玉矿外，更有来自遥远的祁连玉、昆仑玉、和田羊脂玉等，从中我们可以明确的是，湟水流域早在4000多年前就有发达的商贸活动了。

因而我们可以这样说，黄河上游湟水两岸是中华文明的重要源头之一。窑洞式的聚落形态、特殊的地面建筑、聚落外围的宽大壕沟、区域中心的广场和祭坛、礼仪用的玉器、巨大的石磬、精美的彩陶和漆器、成组合的生活陶器、房址里的壁炉等证明，这里是当时的社会权力中心。同时，考古发现的中国最早的青铜镜、世界最早的脑外科手术、世界上第一碗面条……分布广泛的原始居住聚落遗址，说明4000多年前河湟人就生活在高度文明的世界里。

1974年发现的柳湾彩陶遗址，发掘清理墓葬1691座，出土生产工具、生活用品、装饰物等文物3.7万余件，其中彩陶品约万件，著名的人像彩陶壶、彩陶靴等文化精品皆出自该墓地。它是湟水流域保存最完好的一处原始社会氏族公共墓地。按文化性质的区别，这些墓葬多以原始社会马家窑文化、马厂类型为主，时属母系氏族的晚期阶段，距今 3500~4500 年。众多彩陶中，除彩绘各种花纹、几何图案外，还可看到符号花纹，仅柳湾墓地就发现了百余种，有的实属罕见。这些符号花纹大都绘画在彩陶壶腹的下部，研究者认为是器物制造者的记号，或是代表某氏族的一种徽号，或者是数字代号，这极可能是我国古文字最原始的形态之一。柳湾墓地文物丰富，在这里我们不难想象到远古时期的柳湾人刀耕火种、狩猎、攀树摘果、烧烤野味、集体歌舞的欢悦场面及赖以生存的自然面貌。

从一些出土的文物还可知，原始社会末期，在河湟谷地同时形成了著名的卡约文化，这种类型的文化以 1923 年首次发现于湟中县云谷川的卡约村得名。卡约文化充分显示了当时人们农牧兼营，过着相对稳定的定居生活，卡约文化的陶器制作更加丰富，有双耳罐、四耳罐、杯、瓮、豆、鬲等，彩绘以赭色为主，花纹丰富多彩，并出现了羊、鹿、狗等动物图纹。

众多古老文化的交替出现，使湟水两岸的历史文化显得古老而灿烂。这些湟水古文化带上到处可见的遗址，留给我们的是一条完整的旅游考察线，从民和核桃庄到乐都柳湾，从互助总寨、大通孙家寨到湟中卡约，只要沿湟水而上，沟汊、台地、土坡上，古文化遗址交错分布，古老的传说如袅袅炊烟，诉说着远古的历史；而潺潺湟水则告诉人们，湟水岸边的人类活动从未停止，生生不息。

三

湟水一路走来，把文化的发展节点与历史紧密地联系在一起。作为历史概念的河湟文化，其早期为羌戎文化，应该说，它早期所体现的文化属性带有明显的原始部落文化色彩。其社会组织形式兼有父系氏族社会形态和母系氏族社会形态。其生产方式本因气候变冷由农业经济正急速转向牧业经济，然而，在中原农耕文化的大量进入，特别是汉民族的迁入后，这种转化停止了，出现了农耕文化与畜牧文化并存的格局。我们从与夏商周同一时期的羌戎文化的重要文化遗存卡约文化和辛店文化中可以看出，其文化特征所体现的审美情趣已表现出强烈的地方性。

社会发展进入汉代，赵充国的屯田，使河湟加快了民族融合的步伐。汉族作为移民大规模进入河湟流域，与当地民族进行了生产生活的交流，而东部通道的开通，使河湟成为联系东西的重要交接点。小月氏、匈奴、鲜卑文化作为新的文化在此扩散、交流、融合，成为河湟文化的又一鼎盛时期。河湟文化体现出交融与和谐，呈现出渗透性和包容性等特征。在这里，每个民族都以其宽大的胸怀及开放的姿态进行情感和文化上的交流与认同。各民族在这块土地上的交往起初是在浅层互动，进而有组织联系进入社会系统，扩展为一种深层次的文化心理联系，这既表达了不同民族的不同需求，又体现了共同的需求和共同的利益。民族间的交往与渗透,有时是和平的,有时却异常艰辛,甚至是民族大迁徙与民族消亡的不幸。秦汉时居于今内蒙古东北额尔古纳河以南、今辽宁西喇木伦河以北的广大地区的鲜卑族,臣服于匈奴,以游牧为生。东汉永元三年(91),北匈奴被东汉耿夔击败西迁后，鲜卑逐渐壮大起来，占据了漠北广大地区，未能迁走的 10 余万匈奴皆为鲜卑吸收。从此，鲜卑成为继匈奴之后又一个北方强大的民族。桓帝时，鲜卑各部为檀石槐统一，形成了一个强大的军事联盟集团，分东、中、西三部陆续向南推进。“兵利马疾，过于匈奴。”檀石槐死后，军事联盟瓦解。魏晋时，鲜卑族分裂为若干部落，东部主要是宇文部和慕容部，西部主要是拓拔部（秃发部）和乞伏部。拓拔部一部在匹孤的带领下，逐步西迁至河西走廊及河湟流域。与当地羌汉各族杂居，建立了南凉，立国 18 载，被西秦灭亡。南凉亡国不久，原属辽东慕容部一部的吐谷浑西迁河湟，灭西秦，建立了强大的吐谷浑国。《旧唐书·西戎·吐谷浑传》说：“吐谷浑自晋永嘉之末（313），始西渡洮水，建国于群羌之故地，至龙朔三年（663）为吐蕃所灭，凡三百五十年。”或许他们的历史应该结束了，然而，丧失统治地位的鲜卑族并未沉沦，他们逐渐适应了这种环境，加上他们在经济生活、文化风俗以及民族心理等诸多方面受到河湟其他民族与文化的影响，吸收、融会河湟其他民族成分和文化，它逐渐形成了新的更具本土性的民族共同体——土族。通过鲜卑族—土族演变史，我们看到河湟不同民族交往，不仅是和平，还有血雨腥风，但民族和解是主要的，更是大势所趋，他们因共同的需求、共同的利益，最终连接在了一起。河湟地区的民族交往史证明，不同地区的文化模式、价值观念、宗教信仰等相互交流与影响，形成了相互的认同和理解，与此同时，通过民族间的交往凝成的不同民族共同的国家意识和对中原文化的情感，又维系着历史上国家与外域的关系，维系着逐渐发展起来的内地与高原的联系，维系着国家的统一。

社会相对稳定以后，人们的生活沉浸在日出而作、日落而息的轨迹之中。历史没有停止前进的步伐，文化也没有停下发展的脚步。但相对中原文明，河湟两岸的文明发展就滞后了。为什么中华文明没有在这里进一步发展？或许有许多原因，但我想，正是自然环境和人类需求的增长，文明产生了物理上的溢出效益，河湟人与他们创造的文明一起顺流而下，从此流向了东方，成就了东方文明。

四

江河不废千古流，湟水岸边是东去关陇、南下滇藏、西出祁连、北走河套的枢纽。古往今来，有许多民族在这里生活创业，马家窑人、齐家人、卡约人、辛店人、羌人、汉人、鲜卑人、吐谷浑人、吐蕃人、党项人、蒙古人、回人、撒拉人、藏人先后活跃在这一地区，延续不断地共同劳动创造，不同民族文化的彩线在这里层层叠叠地、紧紧密密地、盘根错节地绾成了一个永不拆散的情结。民族风情该是湟水东流而流出的一条风景线。

在漫长的历史进程中，湟水两岸成为西北古老民族繁衍生息之地。而今，独居此地的土族和撒拉族更是五十六朵民族之花中鲜艳夺目的奇葩。

世世代代生活在河湟谷地互助、民和、大通三县的土族人民，热爱生活，崇敬自然，他们创造出了本民族独特的民族风情。土族作为中华五十六个民族之一，在其漫长的历史进程中创造了丰富的本民族传统文化。土族自称“蒙古勒”或“其汗蒙古勒”，意为蒙古人或白蒙古人。汉族称土族为“土人”“土民”。藏族称土族为“霍尔”。1949年后，人民政府经过民族识别定族名为“土族”。土族族源尚无定论，自20世纪30年代起，国内外热心于土族族源研究的专家、学者对土族族源进行了大量的调查研究，提出了许多很有价值的学术观点。到目前基本趋于两种观点：一种观点认为土族是以蒙元时期入居河湟地区的蒙古人为主，吸收汉、藏等民族成分及其文化因素而形成的一个民族,因而这个民族的人们自然而然地自称为“蒙古勒”；另一种观点认为土族是公元4世纪初至7世纪中叶立国青海达350年之久的吐谷浑汗国被吐蕃所灭后，其国人之一部分随其王室东迁归唐，融入汉族和蒙古族当中。留居故土的大部分除被吐蕃同化吸收者外，也有一部分在河湟地区繁衍生息下来，到蒙元时期，蒙古族迁入河湟地区与这部分人融合并吸收藏、汉等民族成分形成一个新的民族。综合上述两种观点可以认为土族是以古代鲜卑人为源，以蒙元时期融入的蒙古人为重要补充，并吸收汉、藏等民族成分及其文化因素而逐步形成的一个新的人的共同体。悠久的历史，特定的环境，形成了独特的土族文化。土族文化集中表现在土族人的宗教信仰、语言文字、民族服饰、习俗礼仪、口传古籍、民族传统体育以及新时期的文化活动等方面。

土族民间盛行各种曲调优美的民歌，情节动人的口头文学，如叙事诗、民间故事，以及花儿、安昭等。土族人的服饰华丽多彩，特别是姑娘的花袖衫，好像天上的彩虹，黑色代表土地，红色代表太阳，绿色代表稼禾，蓝色代表天空。这独特的色彩服饰的象征，在我国众多的民族中是独有的。

土族人重礼节，好宾客，对来访的客人都竭诚相待，十分热情，对尊贵的客人还要远迎。远迎称为图斯呼哇日，远迎者称为图斯呼奇。迎客时在门前摆放迎宾礼仪品“西弥尔”和“曲呼尔”，敬献哈达（哈达折口朝向客人，躬身双手呈上，客人也要双手接过搭在肩上或脖子上，也有接过哈达后回赐于敬献者的）。敬三杯酒迎接（本意为平安三杯酒，现在也说吉祥如意三杯酒）。敬酒时一人执壶，一人捧杯双手敬上。客人接过酒杯，饮前须用无名指对空弹三下后方可饮下，意为敬天、敬地、敬神。土族人迎宾时还热情地唱迎宾曲，使欢迎场面更加热烈。客人入座，土族人以上方为大。土族传统之待客一般为三道茶，即馍馍茶（一般放三碟馍：一碟焜锅馍、一碟蒸馍和一碟油炸馍）、包子茶和饭食。如在包子茶后上一道手抓肉，在桌上摆放“西弥尔”（在焜锅馍上放点儿酥油亦可代之），在酒壶、茶壶或吃肉的刀把上系一撮白羊毛则是对客人隆重招待的表示，这里明显地保留了游牧生活的痕迹。土族人待客是在欢乐的歌舞中进行的。头道茶端过之后，则热情地为客人敬酒，唱敬酒歌。席间唱赞歌、问答歌以及跳安昭舞、转轮子秋等，始终充满一种欢乐的气氛。这独特的酒文化，充分显示出这个民族的豁达、豪放。土族文化是土族人长期生产、生活和丰富想象力的结晶，是土族人宝贵的精神财富。继承、发展土族优秀的传统文化，可以进一步丰富、充实中华文化的内涵，使其灿若星汉、光耀天地。

不同于土族，在黄河臂弯的循化撒拉族之乡，风土人情又别有一番景致。撒拉族是青海世居的少数民族之一，自称“撒拉尔”，系“散鲁尔”的变音，简称“撒拉”。在我国汉文文献中曾有“撒剌”“撒剌儿”“沙剌”“沙剌簇”“萨拉儿”“撒拉尔”“撒喇”等十多种译音称谓，邻近藏、汉、回族等兄弟民族通称“撒拉”，土族称作“撒勒昆”。1954年正式定名为“撒拉族”。分布于甘青地区。青海省撒拉族有 8.87 万人，占全省总人口的 1.74%，主要聚居在循化撒拉族自治县和化隆县甘都镇，其他州、市、县也有散居。基本上全民信仰伊斯兰教，生活习俗与当地回族相近。其先民来自中亚撒马尔罕，在青海落居已有 700 多年历史。早期多从事狩猎、伐木、畜牧业，自清代前期逐渐转向农业，至后期集镇、手工业随之出现，园艺业有了较大的发展。该民族吃苦耐劳，勤奋强悍，具有反压迫斗争的光荣传统，勇于开拓，善于多种经营，为开发青海、建设西北和丰富祖国文化做出了自己的贡献。撒拉族有自己的民族语言，属阿尔泰语系突厥语族西匈语支的乌古斯语组，没有文字，用汉文，通汉语。民间传说、宴席曲、花儿、歌舞等民间艺术丰富多彩，富有特色，服饰、居住、饮食、丧葬等习俗，特别是婚俗独特、有趣，具有浓郁的民族风情。

走进撒拉人家，红辣椒挂满屋檐，鲜花香溢小院。撒拉人的勤劳、聪慧正是中华民族几千年传统文化的真实写照。我相信民族属于历史，而勤劳、勇敢、智慧、善良等一些优秀的品质则属于我们每一个中华儿女。

五

湟水东流浇灌出了一片片绿洲，也浇灌出了富有地方风情的青海花儿。湟水岸边的每一个民族，不管是汉族、土族还是回族、撒拉族，那高亢嘹亮、柔婉缠绵、如泣如诉的民歌——花儿，是青海地方文化的象征，也是青海最主要的地域特色。

冷峭寒苦的冰雪高原环境严酷，面对清贫的生活，这里的人民选择了以欢乐的吟唱来抒发内心的情感，这是无可非议的，也是生活的必然。艰苦的自然条件不能压抑人们对美好生活的追求，他们给口口相传的民歌起了个浪漫的名字——花儿。这支奇寒独开的民歌花儿，因为在河湟谷地传唱，所以叫作河湟花儿。青海是花儿的故乡，河湟花儿是西北花儿的精魂，最美的花儿是用三江最纯净的源头之水浇灌的圣洁之花。居住在这里的汉、藏、回、土、撒拉族等各族群众，无论在田间耕作、山野放牧还是外出打工或路途赶车，只要有闲暇时间，都要漫上几句悠扬的花儿。可以说，人人都有一副唱花儿、漫少年的金嗓子。

在青海民间，花儿寓意为美丽的姑娘，少年专指英俊的小伙子，而河湟花儿中大胆吟唱爱情的花儿又被冠以少年的名字，所以青海的民间也把民歌花儿叫作少年。人们用花儿歌唱生活、倾吐情爱、褒善贬恶，吟唱时即兴编词、出口成曲。因为花儿歌词多用《诗经》中信手拈来的比兴手法,所以有关学者考证后认为,花儿是《诗经》的别体衍生。河湟一带是多民族聚居的地方,世居青海高原的汉、藏、回、土、撒拉、蒙古族等民族都会唱花儿，他们在传承中，给花儿融入了各民族的文化元素，形成青海花儿独特的风格：既委婉动听又粗犷豪放。在我的感觉里应是这样的："此曲只应天上有，人间能得几回闻。"(杜甫《赠花卿》)

每到夏季,盛况空前的花儿会就在青海各地相继开始。届时，河湟地区山花烂漫，山清水秀，身着各民族盛装的人们熙熙攘攘，欲献绝技的歌手摩肩接踵，嘹亮的歌声此起彼伏，满山遍野成了花儿的海洋，的确令人神往。歌手们携情侣，带酒食，三五成群，边饮美酒边赛歌，歌声传遍四野，气氛热烈之极。西宁市凤凰山花儿会、民和县峡门花儿会、乐都县瞿昙寺花儿会、互助县五峰山花儿会、大通县六月六老爷山花儿会，类似狂欢的歌会、舞会一浪高过一浪，直到耀眼的金色染黄了丰收的田野……

花儿是青海人生活中的一部分,正如一首花儿里唱的:"花儿本是心上的话，不唱时由不得个家；刀刀拿来了头割下，不死时就这个唱法。”的确，天下肯拿命去换歌的恐怕只有青海人，青海人生活中的欢乐、苦难、愿望、理想和风俗、传说都能在花儿中得到尽情的宣泄。

过去花儿被视为野曲儿，难登大雅之堂，如今随着社会的发展，花儿也走上了舞台和各路民歌一争高下。2009年，在广泛搜集整理各种民间花儿素材的基础上，原青海省文化厅与北京成桥文化传播公司合作，运用现代艺术手段，精心创作编排了花儿音乐剧——《雪白的鸽子》，并在西宁、兰州、银川、北京、上海等地剧院公演，使流传于青海等西部地区的民族民间歌曲花儿首次以音乐剧的形式搬上现代舞台。自此，花儿的魅力走出了高原，走向了世界。

六

行走在湟水岸边，留给人们印象最深的恐怕还要属面片和拉面。面片和拉面是湟水岸边最具特色的地方风味小吃，也是湟水带给人们的最艰难的乡村记忆。但凡是青海人，说起面片的好，个个眉飞色舞，赞叹声里和着下咽的涎水声。直到今天，面片和拉面仍然是青海各地人们最主要的吃食。因为具有明显的地方特色，面片和拉面伴随着湟水的东流而流到了大城市的餐桌上，成为离乡的游子对家乡深深的眷恋。

在农村生活很苦，农活全靠人力，山里的乡亲父老们每天趴在土里拾掇那几亩薄田，没日没夜地修理地球。清早起来吃几个洋芋蛋蛋，提上馍馍袋袋夹上铁锨就出门了，中午一般不回家吃，就在地头上凑合一顿，吃上点儿馍馍，喝两口带来的熬茶就算解决了午饭问题，到了后晌，筋困骨乏，吃喝全无，再也无心“恋战”，饿得前心贴后背，全指望家里婆娘做的一顿疙瘩面片。男人们回家，进门后铁锨往门背后一靠，也没有洗手的习惯，往炕角头盘腿一坐就待婆娘娃娃把饭端上来，呼哧噗噜一顿，那农村里揪得不算薄的面片填饱壮劳力的胃口还是十分适合的，两碗面片下肚，往后一靠，装上一袋旱烟，那确实舒坦，人间天伦也不过如此。

其实面片是青海乃至西北地区群众最喜爱也是最普及的一种面食，青海人称为尕面片。“尕”是方言，小的意思，也含有爱称的成分。面片的做法多种多样。一般是先将面调揉好，或切成短条，或者先团成饼状，待下锅时再切成短条，锅里煮好相应的蔬菜、肉等，两手将短条面压开，拉长，一手拿面条，一手揪为方块下到锅里。面片的做法有讲究和简单之分，一般来说，家中讲究一些的，要求下得小、薄、匀，味道好；而在野外，由于条件所限，就简单一些。搞副业、做生意的，在茫茫草原或漫漫旅途中，三块石头一放，上面支起一口锅，随便在盆、锅里调上面，一边揪一边下，煮熟能吃就行。这就是人们常说的“三叉石头一顶锅”。所下的面片有时是一块一块的，因而又叫疙瘩面片。不论怎样艰苦的条件，只要有锅、有面、有水，不要刀不要板子，青海人就能揪上面片美餐一顿。

在青海不论男女，一般都是下面片的好手。那手底下，面叶如秋天的树叶一样，纷纷而落，一会儿，一大锅面片就下好了。当然，下得好的揪出的面叶如手指甲那么大，薄而匀称，叫作指甲面片、“雀儿舌头”。下得差的揪出来的面叶大而厚，并且大小薄厚不一，形状也不正规，人们讥之为“拦嘴面皮”，意思是面片大得放不进嘴里。由于混放的蔬菜、肉类等不同，面片还有多种风味各异的品种。高原上气候寒冷，过去冬天没有新鲜蔬菜，面皮下好后，打上几个鸡蛋，就是最地道的鸡蛋面片。有条件的放上点儿羊肉，羊肉味儿特浓，就叫作羊肉面片。乡里还有一种面片叫擀面片，和面、擀面的基本操作与手擀面的程序相差无几，用擀面杖把面擀薄，再切成宽条后揪到锅里，这种擀面片不同于炒面片和疙瘩面片的筋道，却是薄嫩绵软，配肉丁、萝卜、青菜等做成汤面，不稠不稀，连汤带水，特别适合老人和小孩吃，食后便于消化，在农村把吃饭叫“喝汤”，大概也来源于此。

今天，当你穿行在湟水岸边的崇山峻岭，不经意间就会看见路边的面片馆，这些店给行驶在荒原大地上的司机、乘客提供了休息的场所。这里的馆子还有免费奶茶供应，浓郁味重。望着远处的山色，喝几碗奶茶，吃上一顿面片、手抓，再翻山，一路上飘香的油菜花和起伏的青稞、飘浮的白云，别有一番风味。出门在外，我才知道面片对青海人来说究竟意味着什么，但我知道面片会是每一个青海人，每一个在湟水岸边生长的人最深的记忆，永远也忘不掉。现如今面片已走出大山，成了城市街道里最有名的吃食，受到人们的青睐。

七

湟水东流在崇山峻岭间蜿蜒盘旋，滋润着两岸的土地，也改变着这里的地貌，独特的丹霞地貌展示着青藏高原的雄浑与伟大。独特的地貌和原始森林植被，使湟水沿岸形成了别具一格的风景旅游区。森林地质公园就是点缀其间的绿色飘带。这里是全省森林覆盖率最高的地区，在这片狭长的区域内，坐落着互助北山国家森林公园、尖扎坎布拉国家森林公园、循化孟达国家森林公园三座国家级森林公园，森林覆盖面积超过了数百平方公里。

互助北山国家森林公园不仅是我省境内保存最完好的天然森林资源之一，也是全国保护母亲河行动生态教育基地之一。互助北山国家森林公园内分布着高等植物 981 种，野生动物近 200 种。由于气候、海拔和地理位置的缘故，这一地区的天然林区具有明显的垂直分布带，针叶林、阔叶林与高山灌丛、高山草甸等共同构建了森林景观的多样性，是青海境内自然生态体系最完好的区域之一，互助北山因此被誉为青海高原上的“植物王国”和“天然动物园”。每年有大量游人涌入北山旅游观光，人类过多的干扰会不会对北山的生物多样性产生破坏呢？

坎布拉，又是一个诱人的风景区，它以奇特的丹霞地貌景观、浓郁的宗教气息、现代化的水电人工湖为主要景观。湟水两边的山脉，逶迤而挺拔，破碎的砂砾岩、页岩，经岁月无尽的风蚀，有的呈现出独特的丹霞地貌，像古堡，像老人。坎布拉森林地质公园的丹霞地貌多以奇峰、方山、洞穴、峭壁为主要特征，有的山体如柱状、塔形、城堡，陡峭直立，蔚为壮观；小尺度的地貌造型酷似巨人、兽状，千奇百怪，栩栩如生，有神工鬼斧之妙。坎布拉风景区是集森林公园、典型的丹霞地貌、大型现代化电站、宗教文化、民族风情于一体的旅游胜地，湖光山色相映成趣，宗教民风相得益彰，是旅游度假的好去处。

被誉为“青海高原西双版纳”的天然风景名胜区——孟达自然保护区，位于黄河南岸。这里地理位置独特，植物区系成分复杂，是青藏高原的天然野生植物园，区内共有植物 90 科 296 属 517 种，约占全省野生植物种的五分之一。药用植物 326 种，分属 77 科，其中载入国家药典的就有 44 科 81 种……在孟达山区，由于第四纪冰川运动而形成的冰川湖天池，碧波荡漾，引人入胜。而山下黄河大峡谷风光则雄浑壮观、气势不凡……

湟水东流，不仅给了人们生存的家园，也把大自然的神奇活灵活现地展现在世人面前，使人们惊叹，也使人们觉醒，人能改造世界，但改变不了自然。人与自然和谐相处才是世界最永恒的真理。

八

熟悉历史的人都知道，在湟水的哺育下，河谷地带至少在宋代以前是草木丛生、绿树成荫。北宋李远在《青唐录》中描述当时的湟水流域是“宗河（湟水）行其中，夹岸皆羌人居，间以松篁（篁概指灌木也），宛如荆楚（江南地区）。羌人多筑物而居，激流而碨（水磨）”。由此看来，这儿曾经是人们生存的乐园，鸟语花香、草木茂盛、流水潺潺。然而近些年，人们过度的索取使这里的生存环境一步步恶化，许多地方成了“拉羊皮不沾草”的地方。这是大自然对人们破坏生态平衡的惩罚。

洪水，就是大自然的呐喊。在民和县喇家遗址发现的洪水和地震灾害遗迹，见证了4000多年前在河湟地区发生的惊天动地的自然灾害。突如其来的洪水比猛兽还暴虐，摧毁了房子，埋住了房中的十余人。更令人揪心的是，一位母亲将幼儿掩在身下，而我始终不能忘记母亲那只紧紧搂住幼儿的手，那只想保住幼儿生命的手，那只最强烈地表现出母爱的手。我们在喇家遗址还见到了地震后地中裂开的深沟，像被蛮力撕开的大地的胸膛。天崩地裂、洪水肆虐的大浩劫，使成千上万的人家破人亡、流离失所。这让我对人类文明进程与自然生态的关系产生了反思。为了生活，人们不停地砍伐森林，不停地索取。成群的牲畜，大片大片地啃啮着草原。用水量百倍千倍地增长，提供江河水源的雪山，雪线不断提升。加上放火烧荒、山火毁林、毁林开荒，一年又一年，造成人为的生态大破坏。人类愈来愈异化于大自然，难道大自然就不会抽搐一下，皱一皱眉？

一条湟水河在诉说着历史，也在诉说着生活本身。东流的水啊，将一去不复返，历史已远去，而文化还在，精神还在。面对过去与未来，或许我们需要认真思考，但我们的生活还将在湟水岸边生生不息……

哇德玛·赛让

驻村俄宝图

哇德玛·赛让，汉语名阿朝阳，土族，60年代生人。从过军，牧过牛，教过学，后从事文联工作，现从事驻村扶贫工作。有诗歌、散文、散文诗、小说等作品散见报刊。

驻村俄宝图

我于2015年10月受组织委派，赴大通县宝库乡俄宝图村开展精准扶贫工作，至今三年有余。俄宝图村于2017年易地搬迁到桥头镇，60户贫困户于年底全部脱贫，完成贫困村退出。

作为俄宝图村第一书记，回想三年多驻村的日子，自然有许多感慨。然而，其中最让人难以忘怀以至要动笔记录在案头的，还是寻常日子里的一些寻常事。

我于扶贫工作之余，将平日所见、所闻、所感、所想诉诸文字，时间一长，竟也有一定篇幅。这里所选，是其中部分篇章。

——题记

一

黄昏，我见到马老五。我要看这个 40 多岁的光棍汉，怎样把一瓶烧酒灌进肚里。

酗酒成性的马老五，手握酒瓶，昂首向天，似一尊印象派雕塑。这是第几次了？没人说得清。而我，只是听说，一个父母双亡的孩子，一段辍学的往事。

沉重如斯呵……

是落拓诗人的形象吗？我在心下提问。

没有回答。远处，是在远处，风声喧哗，无休无止。

我得去了。我要听着这风声，推开寒冷，继续走村串户，继续……走进马老五破败的家门，用心搭一座桥，再用我握有的温暖，让他的故事从头开始；用我握有的蓝图，让他的记忆回归少年。

顺势，再用梦想的火，燃亮他生命的光焰。

二

段哥家住在石围子。

段哥家住的石围子，据说缘起祖上。

石围子，清朝末年的遗存。马厩？羊圈？一圈用途不明的围墙，石头垒筑，鞭麻扎成。结实，耐用。省却修补，坐享其成。

于是，石围子，有了岁月的欢歌，有了生命的绚烂，也有了遮蔽记忆的烟霾。

百年春秋，终于，石围子的日子过到段哥头上。然而，段哥告诉我，这里贫困，落后；这里，一连串灰色的日子，见不到时代的光彩。

那么，就让我走村串户吧。我这就走进石围子。要去探究，是坚硬的石头，反弹着来自墙外的喧哗；还是厚重的墙体，禁锢着向外的身影……

三

和房东聊天，忽然想起一个月前和房东、杨哥进山途中的话题。

我说，保儿，杨哥说的那两只狍子逮到了吗？

我的问话显然让房东吃了一惊。只是，那情形过于短暂。

逮到了。肉呵，吃的吃了，卖的卖了。

哦，还真像他家养的。我是指杨哥还不见狍子长膘的说辞。

不料，保儿来了劲儿，说，杨哥是猎人，不动火枪的有名猎人。

说说看！我趁势撺掇一句。

你见他瘦小吧！可是背十副捉狼的夹子，半个钟头会布到两个山头上。信不？

信。我说。

你见他眯眼吧！可是百米外的兔子能分出公母。信不？

信。我说。

你见他慈眉善目吧！可是命丧他手下的野物不下2000只。信不？

信。我说。

房东不说谎，我都信。只是今天，关于杨哥，我深为震惊。

问题是，他也就那点儿本事。持家懒动，干活怕累。保儿接着说。

这么说，杨哥的贫困，是把动力用错了地方？我似有所悟。

我是说，杨哥脱不了贫困，是因为动力从来用不对地方。

是这样！我无语。好奇的打探，止于保儿的洞见。

四

又见炊烟。今天，在村里，炊烟，这是第三次升起来了。

炊烟，在村里，是生活的风景树。

一日三餐，一炷又一炷的炊烟会告诉你，是农家便饭随手做就，还是出新创意变着花样；是生活质量开始滑坡，还是蒸蒸日上抒写新章。

当然，也有炊烟断线的时候。那是告诉你这家农户举家外出，或是日子滑坡逢着大恙。

在村里，每当炊烟升起，总要勾起我几多联想。如村西的黑娃娶了媳妇，之后屋顶的炊烟日见飘荡；如河南山神保屋顶数日不见炊烟，方知道夫妻俩关系闹僵，各自为阵，远走他乡……

驻村的日子，炊烟于我是探访民情的参照。稠密的炊烟寄托着我的欢笑，稀落的炊烟负载着我的迷惘。

五

在村里行走，你无法摆脱的是铺天盖地的牛粪的味道。

村里人养牛，少则十几头，多则几十头。

那是村庄的根，是村里人走向山外的底气。村支书这样说。

这话，我认。只是，牛粪不除，村庄生活的质量不能提高。

我在驻村时思索，在思索中驻村。随后，就有了背水一战的冲动。

拉一次赞助，雇一回人工。让村巷的污秽销声匿迹，又让农家的圈栏随时关闭。

奇迹由此发生。随后，你走进村巷，再不用掩着鼻孔；逢着路人，他自会赞叹空气的清爽。

从此，百年村庄，不只自扫门前雪，也管他人瓦上霜。从此，百年村庄，由此及彼，拥有梦想。

可不，我这是又一次走村串户。乡亲们说，破除陋习，厚如山场，也薄如纸张。

六

在老村，有一些庄稼挨着后山的林棵。林棵里，有兔子、鸟儿，以及其他野物。

于是，总有一些人家，望着辛劳换来的收成被野物糟蹋，难免心生烦闷。

于是，总有一些人家，会扎几个草人立在挨近林棵的地里，吓唬野物不要走近。

老村的日子，来了去，去了来。

这不，就少了一方对一方的袭扰、损害，也少了一方对一方的厌恨、敌视。

常家奶奶说，这是老村的规矩：在老村，扎个草人立在地里，便是老虎了。兔子、鸟儿，还有其他野物，就不敢犯浑。

常家奶奶又说，也是老村的规矩：扎个草人立到地里，那是草撑的架子，空虚的心，却不会有人笑话。要知道，在老村，哪怕立起的是一个影子，只要用心了，那就是乡野的灵魂。

常家奶奶，80岁的高龄，从老村的风雨中走出，一双洞穿世事的眼睛，自能看到老村的背后。

这话，我信。

七

雨过天晴，我们走向村后三间没有院墙的屋子。这里是张元录的家。贫困户张元录，总是把屋子扔在身后，在街市间乞讨度日；也常以经师的身份，吃香喝辣穿梭山乡。

就是说，造访张元录，那得碰运气。

这是作家朋友要见张元录。

叩响屋门，随之听到屋内的响动。

欢迎！今天我没有出门。碰巧了，是张元录带着乐音的嗓门儿。

门开了，果然是张元录。那熟悉的面孔，胡子拉茬，却棱角分明。甩头，让座，一副诗人的派头，不由得使人想起某个古人。

只是，他是与这座脏乱不堪的屋子不相般配的装束。因此，作家的造访，自有另类的思考，和有别俗常的深意。

和张元录聊天，自他高考落榜的传闻开始。

张元录讲述着往事，语调节制、冷静。平和的面容，似乎告诉你他在讲一则关于人世、关于命运的故事。而往事本身，却是如此繁复、揪心和感人……

讲完落榜往事，张元录又讲了些人生的感悟：

物质的丰裕填不满精神的空谷。张元录说。

贫困户是个说法，一只羊嘴下有一把活命的草哩，也是一个说法。张元录又说。

过自己愿意的生活，不在乎别人笑话，才是境界。张元录还说。

……

告辞张元录，时至黄昏日落。三个小时的交谈，差不多在聆听中度过。

朋友说，张元录不是贫困户。

我说，愿张元录的故事成为你下一部小说的材料。

八

元来儿的女人回来了！这消息，在老村如一阵风，不上一个时辰就传遍了全村。

元来儿的女人回来了！这消息，也让我为元来儿一阵阵高兴。

元来儿，这个苦命的后生，这个孤儿，在老村，是银行认定的失信人。

因为父母的丧事，因为梦中的生意，元来儿，贷款十万。

因为牲畜跌价，因为合伙人设的骗局，元来儿，赔损十万。

从此，元来儿的日子就走下坡路了；从此，元来儿也就丧失了还款的勇气；也从此，婚后三年的妻子带着一岁的孩子挥泪离去。

孤苦的元来儿，就在酒场里迷糊，就在麻将桌前鬼混，也在贫困户的称谓中挣扎。依老村的说法，这会儿的元来儿，那是竖不起来的一团泥巴。

是“精准扶贫”的新政策唤醒了堕落的灵魂，是帮扶真贫的铁臂扶稳了人生的脚步。元来儿回来了。迷离的眼神有了熠熠灵气，晃悠的身躯也开始硬朗有劲。不容说，元来儿，这是看准了这充满希望的年景！

元来儿的女人回来了！

元来儿的女人回来了！

……

分明，这是希望的年景有了绵柔的回声。

那么，就接纳了这个声音吧，元来儿！妻子离你而去，给你的是念想；妻子随你而来，给你的将是生活的力量！

九

村口石墙根儿里，尕五儿、老刀、财娃三人打着哈欠，晒着太阳。

这是风清气朗的日子，村口当有的景象。今日依然，却因此堵得我心头发紧、发凉。

百年老村，我知道有一些故事讲述村庄的沧桑；我也知道，有一些风物承续着村庄的气场。只是，就村口的石墙根儿，我不解，何以会成为尕五儿、老刀、财娃等人晾晒闲话、打盹儿消困的地方？

带着疑问，我这就到尕五儿、老刀、财娃的家中聊天，又到支书、主任还有会计的家中探询。于是我明白了，那是尕五儿、老刀、财娃在父母亡故、家庭破裂的艰辛岁月里没能迈过人生的坎儿。贫困太久，直到贫困的结核生出了根须，开始伸向老村灰暗的历史，伸向民俗酸涩的记忆。

心灵寻得慰藉，生活自会知足。那么，村口的石墙根儿，可不是尕五儿、老刀、财娃精神的根据地！

这答案，要我何去何从！

十

和常家奶奶聊天，让我体验到一种久违的感动。

常家奶奶，80 岁的高龄，在老村说话很有分量。

常家奶奶说，人穷穷在心里，扶贫要扶精神。

常家奶奶还说，有个懒死的虫子，没有个苦死的汉子。

不用说，常家奶奶的话里透着精准扶贫的精神。

这是乡村古老的哲学吗？要说不是，何以被一个普通老人解读得如此圆润通畅？

……

告辞常家奶奶，我一路感动，一路思绪飞扬。

民间有高人！倘若，还有贫困的死结无法打开；倘若，还有迷途的浪子不知道回头，常家奶奶，还能劳驾您吗？

看远处，风摆杨柳，喜鹊报喜。

十一

驻村的日子里，河边是我常去的地方。

今天，万里无云，空气清爽，我又来到河边，散步，遐想。

我知道，河流环绕的地方，除了风光，还有梦想。可不是，那是青山的倒影，水天一色，抒写生命的华章；也是青山的倒影，告诉我如斯美景需要你用怎样的心态守望。

那么，也让我在河边的青石上坐下来吧。

让我沐浴着水汽，看河里的鱼儿追波逐浪游向远方，看河边的飞鸟唱着歌儿自由飞翔。

我知道，常在河边走，必然要湿鞋。只是，我愿晴天丽日光芒浩荡，我愿古老村庄吉祥安康。

河流环绕的村庄，是福气氤氲的地方。那么，就让我们唱支歌吧，歌唱河流，也歌唱生活的走向。

十二

在俄宝图，我随意一走，就知道醉鬼尕老三又找不到家了；

知道灶保子媳妇又惹了一堆的是非；

知道侯哥家的牲口没圈牢，踩踏了隔壁的菜地；

知道开大卡的元来儿总算揽成了一桩生意……

驻村的日子不松不紧，我走村入户的步子不缓不疾。

房东说，三年了，你也是半个俄宝图人了。

我说，三年了，我们已经是兄弟。

房东说，东家出西家进的，你总也没个完。

我说村里的日子，细嚼慢咽才见味道……

在俄宝图，日子久了，一些场景不断重复；

有一些回忆，你却无法描摹——

比如，多少次和房东没完没了的闲聊；

比如巷道里总也散不去的牛粪的气味……

在俄宝图的日子里，我走着，暄着；

在俄宝图的日子里，我暄着，走着……

在俄宝图，我总是从每一个早晨走出，走进每一个黑夜。

房东说，山沟沟里的苦日子，像极了你爱吃的焦巴洋芋。

我说，你是说喜欢的人喜欢哩，不喜欢的人闻也不闻……

十三

庄子搬走的日子，炊烟不再，草色在望，大片的废墟开始呈现原野的模样。

房东说，庄子没有了，山沟沟就野了；

房东又说，后山坡埋着先人，一代又一代，念想早留了根了；

房东还说，梦里村庄，是朵怪模怪样的云，天上飘着。

村口的大河，也横在天上……

房东不识字，随口一说，竟用上了修辞字眼。

梦里村庄！富有诗意的表达，风里一传，村里就传成风了。

这不，也传到常家奶奶的耳朵里。

常家奶奶说，树挪了要死哩，人挪了会活哩；常家奶奶又说，窝在山里好守住性情，走进城里好谋个前程；常家奶奶还说，世上来了世上走，天下的黄土埋人哩……

常家奶奶说话的日子，老村的废墟上已见荒草疯长……

常家奶奶，80岁高龄，经见过世事，在老村说话不多，却很有分量。多少年了，在俄宝图，常家奶奶话一出口，村里的日子就见模样。

于是，像每一次过往，常家奶奶说给房东听的话，如风，如露，如醒人的香薰，也轻轻落到老村每一颗失落、躁动的心灵之上……

走出大山的日子，总有绕不开的关于村庄的话题。只是，话到最后，村里人都会拿常家奶奶的话做结语。

自然，房东也是如此……

十四

在俄宝图，你随便走进谁家，都会为你倒上一碗浓浓的熬茶。

佐以姜片、荆芥、花椒的熬茶，在俄宝图是暖心的热物。任你走进岁月的深处，只要有一口熬茶下肚，日子就会亮堂起来，纵然有些烦心事，自会在茶汤中化开。

驻村的日子，是喝着熬茶的日子。

在俄宝图，我知道谁家煮的熬茶盐巴过重；

在俄宝图，我也知道谁家娶来的新媳妇还不得煮茶的窍门……

三年了，熬茶的味道早已经浸透到我的心里。

房东说，山里人打发日子没有熬茶不成。

我说，熬茶煮的是山里人的心思。

房东说，喝了熬茶心里就热了。

我说，喝了熬茶，就是认了东家的情了。

房东说，在俄宝图，只要煮一壶熬茶在心头，日子就有了依靠。

我说，在俄宝图，煮着熬茶的日子，也把走向山外的心思留在了山沟里。

房东说，喝着熬茶的日子就是山里人的日子。

我说，走出熬茶的日子，你就走出了连缠带裹的世俗。

向　墨

与死神擦肩而过的瞬间

向墨，土族，青海省作家协会会员，中国少数民族作家协会会员。有诗文在《扬子江诗刊》《星星·散文诗》《散文诗》《中国土族》《青海湖》《雪莲》《青海日报》《西海都市报》《西部散文》等报刊上发表。已出版诗集《骨头里的焰火》。

与死神擦肩而过的瞬间

这是一个雪后的清晨，清冷而壮美！

我从住在大山深处的姐姐家的窗口望去，一轮不甚明亮的太阳，正穿过薄薄的云层，把淡淡的光芒铺在雪后的山川，让本来银白的山川泛出微微的粉红色，好像羞赧的新娘脸上的红晕。因为有事，我不敢贪恋美景，匆匆收拾回家。

由于这里交通还不是很方便，一天也就一两趟公交车通过，早上的一趟已经错过了，只好让外甥送我到公路边拦车回家。

路上很滑，我们的车不得不放慢了行驶速度。这样对我来说更好，我可以欣赏这银装素裹的美景。你看，枝头挂着玲珑剔透的冰凌的树木，远处像奔驰的蜡象般的山峦，还有在雪地里奔跑、撒欢儿的小马驹，让这宁静、祥和的山村霎时有了动感。我的心情也应景般地特别明朗，生活多么美好！

不久，我们出了山沟，到了公路旁。因为雪后的天气非常寒冷，外甥让我待在车里等，但我想下车，想再看看雪景。正当我们争执不下时，来了一辆小型公交车，我暗自窃喜，运气真好！

外甥也早早地替我向公交车挥手示意，但公交车从我们身边疾驰而过，我才瞥见车里已经塞得满满的，容不下一个人了。接着，一辆辆的公交车从我身边疾驰而过，都因为满员而不停。也难怪，正值节日，走亲访友的行人多着呢。还来不及沮丧，又来了一辆形似公交车的小车，我赶紧挥手。小车慢了下来，但由于路面结冰，一下两下停不下来,只能缓缓停车。终于,小车在错过我一段路后停了。

我舒了口气，给外甥说了声再见就上车了。

上车后，看到一个年轻小伙子坐在驾驶座上，副驾驶是一位 60 多岁的农民模样的老人。驾驶座后面有两个座位，分别坐着一个知识分子模样的中年男人和一个七八岁的小男孩。再后排是三个座位，那个中年男人示意我坐到后面的座位上。

不知道是什么原因，我坐车一向喜欢看车里有几个座位，坐了几个人。今天也不例外，我坐好后扫了一眼，这辆车里有七个座位（包括司机），坐了连我在内五个人。

等我关好车门，车就开动了。我朝路边的外甥挥了挥手，意思是走吧。

大约行驶了一公里，前面有几个人也在拦车，还带了很多行李，可能是结伴外出打工的农民。我一看，人比较多,心想,车肯定不会停。因为现在车上只有两个空位子了，而拦车的人至少有五六个。

不想，车停了。

开车的小伙子下了车,帮那几个人往后备厢里装东西，装好东西后，就让那几个人上车。这时，坐在我前排的中年男人指着副驾驶座上的那个老人，对小男孩说："你去爷爷那儿。"小男孩似乎不情愿，没动。他就把孩子抱在怀里，腾出了一个位子。我怕晕车，就挪到前排那个空位子上去了。

外面的人陆续上车。最先上来的是两个回族妇女，坐到后排去了，接着上来两个男人，在司机的指挥下，又挤到后面座位上了。这样，后排三个人的位子已经坐了四个大人。外面还有两个人，一个是50多岁的男人，一个是十五六岁的少年，他们等里面的人坐好后再上车。

我一看，已经超员了，就对那个司机说："已经超员了，再不能坐人了！"

他一声不响，过来从我的座位下面抽出一个小马扎来，指着我的右侧对外面的一老一少说："一个挤在这里，一个坐这个。"

那个少年似乎有点儿不愿意，但后面那个男人催促道："快上车，不然赶不上火车了！"那个少年嘟嘟囔囔地上来，挤在了我座位的右面，我只好往左侧挪了一下，两个人的位子坐了包括小男孩在内的四个人。那个男人挤进来，吭吭哧哧的，坐在了小马扎上。我很想下车，但碍于车少人多的状况，不知道下了这辆车，还能不能拦上其他车，所以虽然心里不舒服，还是没下车。可能所有人都是这样想的。

司机从外面很吃力地关上了车门，回到驾驶座上。

我们又上路了。

只有 7 个座位的车里挤了 11 个人，我觉得这个时候的这辆车，就像一个肉馅装得鼓鼓的大饺子。

我又提醒那个司机："车上已经严重超员，路面又滑，请你慢点儿开！"

他还是一声不吭，似乎对我的多嘴还有些不快。我也就无语，心想，一般开车的都心里有数，旁人就不要干扰吧。

这样，车行驶了三四公里，突然，“饺子”晃了几下，坐在马扎上的男人开口了：“这车啊么了？”还没等他话音落地，“饺子”就像在煮沸的开水锅里漂浮着，在公路上玩起了漂移，而这时，我看见前方一辆白色轿车向我们开过来了。我们的“饺子”正侧着身子飞快地沿着斜线从公路北侧漂向公路南侧……

身子底下顿时觉得软绵绵、空落落、虚飘飘的，就像飘浮在天空上，飘浮在白云上，有劲儿也使不出来。

我知道，公路北侧是山坡，而南侧就是几十米深的断崖。尽管路边有一排碗口粗的柳树，但如果这个“肉馅”装得太鼓的大“饺子”滑下去，那排柳树绝对不可能承受得住这个重量！如此，“饺子”就会爆了、瘪了，里面的“肉馅”就真的成肉馅了，就是血肉模糊，就是一命呜呼！

路面的积雪经过碾压已经结冰，向我们冲过来的那辆白色轿车根本停不下来，而我们的大“饺子”还在飞快地漂移向那辆车，不！是向断崖漂去！

这时候，装有 11 个人的大“饺子”里，听不到任何因恐惧而发出的叫喊声，11 个人似乎都没有了呼吸，只是瞪大双眼看着前方，似乎在看我们的归宿到底在哪里。

而我们的大“饺子”已经是横着漂移了，急促地漂向相向而来的轿车。

我的眼前似乎看见了两车相撞后的惨状……“倏”的一声，一道白光从眼前闪过，是那辆白色轿车敏捷地躲开了。我不知道它是怎么躲开的，但真的是躲开了，而且就在一瞬间！

没有撞车！脑浆没有四溅，血肉也没有横飞！

那么，接下来就是坠下断崖了！

11 个人的血肉要混合成真正的“肉馅”了，有肥的，有瘦的；有满腹经纶的，有大字不识的；有富的，有贫的；有健康鲜嫩的，有疾病苍老的……接着就是被自己的家人分拣开来，有的用白布一裹，有的用几片木板一装；再然后，有的被一场大火吞噬化作一缕青烟，有的被一抔黄土掩埋由蛆虫来报销。生命，就此不分贫富贵贱地完结！地位、名利、财富都一一化为乌有！生命，其实很简单，简单到一瞬间就可以从这个繁华的世界里消失得无影无踪。我们平时为了争名夺利，和最亲近的朋友闹得不欢而散；为了所谓的金钱和地位，争得头破血流。其实，除了生命，其余的都是虚假的！

恐惧中，我的右手紧紧攥住了身边某个温热的东西，这个时候，这点儿温热让我感到了生命的存在，感到了世界的存在。但大脑里一片空白,没有思维,也不可能有思维。我觉得我的灵魂已从囟门里逃离出来，又从车窗的缝隙里游丝般晃荡出去了，可能这时它正在我的头顶上看着我的肉身经历恐惧。它可能再也不愿意回到这个多灾多难的躯壳里而经受无数次的惊吓!

此时的喉咙像被一把无形的双手紧紧掐住，尽管惊恐到极点，但一点儿声音也发不出来。

这时，我的心里只是很机械地——对，是机械，因为没有思维——心里只是很机械地默念着：天啊！我不应该是这个样子的！我不应该是这个样子的!

这是继 1 · 21 地震后又一次让我的大脑一片空白，让我的思维再次失灵!

这时，大“饺子”，不，是车，是装有 11 个鲜活生命的车已经漂移到断崖边儿上了，眼看着就要冲下断崖的那一刹那，车头又突然朝东了，车身正好跟断崖的边缘平行，好像要载着我们原路返回一样。而车厢右下角一沉，我感觉到了，那是一个后车轮已经滑下断崖了!

当我闭着眼睛心里再次默念“我不应该是这个样子的”时候，漂移的车停下了!

很久，车里仍然一片寂静。是的，11 个人的空间，此时，却是一片死寂。我相信，11 个灵魂都已经从各自的囟门里逃离出去了，并且游荡在上空，呆呆地看着 11 个躯体。我似乎看到车前站满了大大小小的人，他们有的打电话，有的拦车，苍白着脸不停地忙碌着。我使劲大声喊，没人搭理我，我多么想回家。这时，一个高个儿的人漂游过来说：躯体是借的，何必留恋呢？走吧，穿过阳就是阴，就像纸的正反面，你的家只有一步之遥呀！我想，既然他们谁都不理我，我何不跟着这个人提前回家？刚一抬脚，“哐当”一声，跌下了断崖。此时，山花烂漫，蜂蝶飞舞，一对对情侣边走边说笑，我走过去问了很多人：“我的家在哪里？”他们都说：“这里哪有什么家！你看看，我们都没有家，我们都不用肉体，自由自在，随遇而安。”我茫然四顾，这里真的没有任何建筑物，真的没有家！

我的家在哪里？我寻找着、惶恐着……

在找不着家的惶恐中，我极力睁开眼，车还稳稳地停在断崖边儿上，我还在车上。但这时的人们都不敢出声，好像此时的声音也有了重量，一出声就会使车坠落一样，因为谁都不敢冒这个险。

突然，我喊了一声：“让我下车！”大家似乎才回过神儿来，有的长长地出了一口气，有的战战兢兢地开始起身。

这个时候，右侧门已经不可能下人了，因为下面就是断崖。我又提醒坐在我左边的中年男人："打开左侧门，一个一个轻轻地下车。"

那个中年男人打开左侧门，先让怀里的小孩儿下车，而那个小孩儿早被吓坏了，死死揪住男人的衣领不放，不出声也不下车。男人无奈，只好抱着小孩儿笨拙地下了车。我们也随之一个接一个下来了。

那个司机则静静地趴在方向盘上，一动不动，估计已经瘫软了。活该！谁让你不听我的劝告！我很想狠狠地剜他一眼，又觉得不合适，毕竟车还没有坠落下去。于是，我掏出10元钱递给副驾驶座上的老人，老人想给我找钱，我摆了摆手走开了。

站在结冰的地面上，我觉得刚刚逃离出去的灵魂回来了，又附着在我的身体里了。我知道，它其实不是真的愿意离开我，我带着它读书、写字，让它领略高雅的充实；我带着它游山玩水，用镜头定格美丽，让它饱览自然风光，它怎么会舍得离开我呢！

也就在这时，我才感到右手手指酸痛，近乎麻木，又瞅见了跟在我后面下车，这会儿正站在我旁边因极度恐惧而瑟瑟发抖的那个少年，他的左手腕上有一排鲜红的血印。原来，我刚才在极度恐惧中紧紧攥住的那个温热的东西，那个让我感到了生命的东西，竟是少年的手腕！在极度恐慌中，我的指甲深深地嵌入了他稚嫩的皮肉！

而在那排血印里，我似乎看见了披着黑色披风、青面獠牙的死神，跟我们擦肩而过……

我抬头看天，太阳依然不温不火。

再看远处的山，仍然像我刚出门时看到的那样，披着银装，奔驰着，壮丽着；近处的树，枝头上依然挂着玲珑剔透的冰凌，在阳光下璀璨着。

身边的公路上，一辆又一辆的车向东或者向西急驰而过。我跺跺脚，脚下又有了土地的实在感。我用仍旧麻木的右手狠狠地掐了一下左手手背，一阵钻心的疼痛掠过心尖。

突然，我蹲在路边结实的大地上，哭出声来……

毕艳君

三川纳顿：掩映在节日狂欢中的文化记忆

毕艳君，女，土族，青海省社会科学院文史研究所文学研究员，长期从事文学评论与民族文化研究工作。合著有《古道驿传》《文成公主与唐蕃古道》《青海历史文化与旅游开发》《丝绸之路青海道志》等。

三川纳顿：掩映在节日狂欢中的文化记忆

引　言

这个世界上的许多事情就如冥冥之中有某种掌控，几番起落，总会回到起点。记得我小的时候，母亲常常会告诉我姥爷的家乡往事，当然，作为九个兄弟姐妹中的老六，很多事她也只是听说。她说姥爷的父辈是从一个土族村落迁到贵德落脚的，姥爷的朱姓在当地的土族中还是大姓。我虽懵懂不知，却从此没有忘记母亲的话，有时梦里依稀会有一个属于自己的村子，村里只有母亲的兄弟姐妹，但一切事物都似曾相识。而我，就是在这种似曾相识的梦境里慢慢长大的。

男大当婚，女大当嫁。像是命中注定的一样，我当嫁之人、我最亲密的爱人，就是地地道道的民和三川土族。

一直当中学教师的二舅高兴地说，我最终还是替他们所有人回到了自己的家，而我，从第一次踏上三川这片土地就如同回归故里一般被她深深吸引。见者，即钟情；知者，即倾心。从此，这里的一切皆与我的生命形影相伴，我告诉自己，这里的一切，都是我今生的生命之缘。

我喜欢成为这个大家庭的一员，在长幼有序的氛围中，中规中矩地扮演长孙媳的角色，喜欢在歌舞贯穿的婚礼中不畏严寒地挤进人群看盛装的新娘，也喜欢在几十个甚至上百人的节日聚会中，尽兴地挥洒自己的喜悦，更喜欢在那个方正的小院里来回穿梭，在众人的审视下做一个地道的土族女子。总之，这里的一切让我倍感温暖与亲切。

而最让我难以忘怀的是爷爷健在时对我们所有后辈的疼爱与期望。爷爷一生辛劳，却并非只为自己。年轻时，他为了村子乃至整个三川土族的水利奔波忙碌；年长后，又在县上认真履行着一个老党员的职责；退休后，更是义无反顾地回到老家，以一位普通土族老者的身份开荒种树、辛勤耕耘。看到爷爷曾经开辟的大片土地如今已是瓜果飘香，爷爷慈祥的笑容就会浮现在我的眼前。

爷爷在的时候，老家的小院时时充满欢声笑语。爷爷的乐善好施和宽容仁厚使他在远近的村子里都有着很高的声誉，而我，更是在他“爷孙一辈人”的观念下得到了许多厚爱。因为工作的关系，我经常刻意从他那里了解一些行将被湮没的民间文化，同时，也从他那里获得了大量的民族文化信息。我深深地敬仰着他，也深深地怀念着他，却遗憾自己在他在世的时候不能膝下尽孝。因此，我常想着要写点儿东西，写点儿我知道的和通过他而熟悉起来的东西，于是，纳顿、清明等土族群众过的盛大而富有文化内涵和民族特色的节日跃入我的视线。更重要的是，在这些盛大的节会中，爷爷总是以长者的身份和远近村子里的好口碑而担当着节会中的重要角色。

虽然如今的纳顿已与爷爷口中的纳顿相去甚远，但作为土族人民生活中的重要节日，每一个土族人的记忆中都会有其最精彩的一页。而我，似乎也总能在纳顿的会手队伍中看到全然不顾自己年事已高，在队伍里尽兴欢舞的爷爷……

一

三川地区位于民和回族土族自治县的东南部，东与甘肃省永靖县毗邻，南与甘肃省积石山东乡族保安族撒拉族自治县隔黄河相望，西与化隆回族自治县相接，西南与循化撒拉族自治县相邻，北靠浪唐山，扼川官公路要道。

“三川”之名，因其境内有三条主要的季节性河流——赵木川河、大马家河（也叫朱家河）、桑卜拉河（也叫前河）流入黄河而得名。该地区包括民和县官亭、中川、杏儿、甘沟、满坪、前河等6个乡镇，辖80多个行政村，近300个自然村。地势北高南低，三周环山，一面临黄河，是省内海拔最低的地区之一。当地瓜果极富盛名，古来就有“千家门巷皆铺锦，十里园林尽罩烟”的形象描绘。

在历史的长河中，土族与当地的汉族、藏族、回族、撒拉族等民族和睦相处、共同发展，演绎了一段段荡气回肠的历史故事。

藏传佛教典籍中将这片土地称作“夏多塘”，“塘”为“滩”或“川”之意，“夏多”为藏语金刚持佛之名“夏纳多杰”的简称。据说，塔尔寺第一世却西活佛阿旺丹巴当年驻锡三川梧释沟崖尔寺，于一日清晨登上崖尔寺靠山之顶，举目远眺，看见三川地形恰似一尊仰卧的金刚持佛，而且宝气四射，便将该地称作夏多塘。

三川土族先民最早信仰萨满教，后吸收了道教与藏族苯教的文化因子。从明代起，三川地区藏传佛教寺院林立，其中卡地卡哇寺是明代藏传佛教寺院格鲁派在民和建立的三大寺（宏化、灵藏、卡地卡哇）之一。兴盛时期，该寺有大小经堂 13 座，僧众近千人，辖有民和卧佛寺、宝和寺、诺尔德寺和化隆塔家寺、白家寺及甘肃武威地区的 6 处寺院。当地著名的寺院还有文家寺、朱家寺、崖尔寺、华尖寺等。许多土族僧人在外省不但传教讲经、弘扬佛法，而且有些还从事商业贸易活动，足迹遍布大江南北，因而民间流传着“三川喇嘛遍天下”“山西的客娃，三川的喇嘛”之说法，可见三川的土地滋养着各种人才。

自汉武帝开拓疆域以来，三川地区就是当时羌人与西汉王朝争夺的主要地域之一，也是进入湟水中上游流域最重要的地区之一。汉代安帝时，在今中川设立了白土县。南凉秃发乌孤在白土县设立了三河郡。明永乐时，明朝政府在巴暖三川设宗水监，豢养官马。

历代中原政府经营西部青藏地带，必经民和境内两大唐蕃古道：一条自东向西，从西安出发，由甘肃永靖的炳灵寺过黄河“天下第一桥”，入今青海民和境内，沿南大山北麓向西到西宁；另一条从甘肃临夏大河家渡黄河到民和三川官亭，经古鄯向东北龙支谷（即今隆治沟）从郑伯津渡河西去。隋代，隋炀帝“从关中的扶风西行……出临津关（今民和赵木渡），渡黄河，至西平（今乐都），陈兵讲武”，途经三川地区。道宣《释迦方志》中记载的进藏路线是，“从河州（今甘肃临夏）西北渡大河，上漫天岭（今民和接官岭），减四百里至鄯州（今乐都）”。唐长庆元年（821），刘元鼎入藏会盟，“踰成纪（甘肃秦安）、武川，抵河广武梁（今兰州一带），故时城廓未坠，兰州地皆稻……至龙支城”。1099 年，西夏李乾顺毁断炳灵寺黄河桥后，大河家到官亭的“临津古渡”成为丝绸之路南道之要津。历史上有许多使者、商旅和军队由临津渡河进入青海境内，以官亭为首站，官亭遂成为丝绸南路上的贸易重镇，明清时期曾出现“朝贡不绝，商旅相继”的极盛场面。

此外，三川地区有许多历史悠久的古城。位于官亭镇鲍家村北，在黄河北岸第二台地上，距黄河约 250 米的鲍家古城，有专家推测，很可能就是曹魏白土古城。位于民和中川乡，南距黄河约 4 公里，北距积石峡 25 公里的丹阳古城（又名黑城），更是以讳莫如深的丹阳公主传说而被人们所熟知。还有以卡地卡哇寺围城而起的卡地沟古城。

这片土地上的一座座古城犹如穿越历史沧桑的一个个耄耋老人，在不断地向后人娓娓诉说着这片土地的厚重，同时，也向人们展示着这方人民的骄傲。

二

三川地区自古就适宜人类繁衍生息，境内古文化遗存蕴藏丰富，1999 年发现的人类史前灾难遗址——青海省民和县官亭镇喇家遗址，被称为“东方的庞贝古城”。遗址内有大型环壕、广场、高规格的墓葬等重要遗迹，证明了喇家遗址具有相当高的社会政治结构，是当时的一个中心聚落遗址或古城堡。此外，还有古文化遗址十余处，包括仰韶文化、马家窑文化、齐家文化、卡约文化、辛店文化和唐汪式陶器等文化类型。

当地出土的不同时期的主要文物有象征至高无上的权力的“黄河磬王”和国内最大的玉刀,新时代的骨锥、骨针、骨铲、叉子、卜骨等，仰韶文化庙底沟类型彩陶盆，青铜时代辛店文化彩陶双钩纹罐，马家窑类型彩陶瓶，汉代绿釉陶井，汉代红铜官印“陇西中部督邮印”，等等。

而遗址最重要的发现是史前灾难遗迹。由于死亡时突遇无法抗拒的灾难，这些遗骸表现出了一刹那的状态，他们姿态各异，有的屈肢侧卧，有的匍匐于地，有的上肢牵连，有的跪踞在地。其中，母亲怀抱婴儿跪在地面，相互依偎，在灾难突然降临时表现出的无助以及祈求上苍救助的神态令人动容。

居住和生活在三川地区的土族，是我国五十五个少数民族之一，也是青海、甘肃两省的“特有”民族。它世代与汉、藏等民族在地处世界屋脊的青藏高原东北部的河湟地区繁衍生息，有着悠久的历史和独特的文化形态。

在千百年的历史发展长河中，在汉族文化、藏族文化、回族文化等主流文化或强势文化的包围之中，在长期与汉、藏、回等民族杂居的过程中，土族先民们顽强地保持和发展本民族的固有特征、文化特质的同时，也不可避免地大量吸收和借用了汉族、藏族等民族的传统文化，重新构建和塑造了独具特色的民族文化。也正是因为多元融合的文化特点，土族在近年来的学术研究中，尤其是文化研究中成为了文化重构的典型，三川这块土地在进入新世纪以后也接纳着越来越多的调查者和旅游者。爷爷在世时就接待过好多前来三川做田野调查的学者，在秉承土族人民好客礼仪的同时，认真地做着他们的访谈者。

大部分远道而来的学者和游客，都对三川的纳顿表现出浓厚的兴趣。纳顿，土语译音，意为“娱乐、玩耍”。在这个洋溢着浓郁的土族民风的地区，每年盛夏都会为庆祝丰收而举行一种独有的传统活动，这就是纳顿。每当夏粮收割完毕，小麦磨成新面，酿成家酒，伴随着新麦特有的香气，纳顿便开始了。人们以庙会的形式来欢庆丰收，感谢神恩，祈祷来年五谷丰登。

这个开始于农历七月十二日，结束于农历九月十五日，前后持续 63 天的属于土族人民的活动已是土族人民一年一度的盛大节日，堪称世界上最长的狂欢节。在整个欢庆活动中，每个三川群众都以最高的热情和最虔诚的祈愿投入其中，祭祀、占卜、喇嘛念经、探亲访友、舞蹈狂欢与"法拉"（巫师）驱灾祛病相融合，凸显了这个民族独有的节日特色。

三

关于纳顿节的来历，在三川群众中有着不同的说法：一是说很早以前，白塔寺（今甘肃境内，与三川邻近）有一个木匠，手艺高超，远近闻名。皇帝要修皇宫，便召他去主持设计修建。后来皇宫竣工，皇帝一看，顿时被木匠的精湛技艺所折服，便想让木匠永留皇宫，为己所用。木匠不肯答应，皇帝便想暗害木匠。木匠看出皇帝的险恶用心，遂连夜逃走，一直逃到三川，看到这里民不聊生，便义愤填膺，振臂一呼，举行起义，老百姓纷纷响应，迅速组成一支起义队伍。皇帝一听三川起义，就派人打探。木匠得到这个消息后，随即吩咐士兵们把武器收藏起来换上长袍，手擎扇子、彩旗，跳起会手舞来。那些探听军情的人都糊涂了，问当地人得到的回答是："我们这是过纳顿、跳会手。"最后木匠起义是否成功不得而知，但纳顿节却从此流传下来。

二是说三川地区过去十年九旱，农业难得有好收成，请文家寺（三川地区的一座寺院）的喇嘛背着《甘珠经》转山诵经求雨，没有结果。后来有人从四川灌县著名的二郎庙，背来了木雕的二郎神像，为其修建寺庙，虔诚供奉。说来也怪，那一年风调雨顺、五谷丰登，喜得大伙儿眉开眼笑，于是抬着供有二郎神像的八抬大轿，逐村转悠，一路上锣鼓喧天、颂歌声声。沿途村民伏地跪拜，烧香磕头。有些妇女拿不出什么贵重的东西，便将自己做的香包挂在二郎神的脚前。穷怕了的人们盼来了丰收年，欣喜若狂，载歌载舞。从此，这一活动便流传下来，逐渐演变成了今天的纳顿节。

三是说元朝初期，成吉思汗的军队征战西北，经过三川时，大队人马因长途行军作战，人困马乏，就在黄河边驻扎休息。正当大军酣睡之际，将军突然命令大军开拔。一部分士兵因劳累过度，没有听见出发的号令。而留下来的这部分队伍一无粮草，二无向导，只好留在三川。他们在三川开荒地，种庄稼，打算筹足粮草再去找大部队。谁知到了第二年秋后，蒙古军队征服了整个中原王朝，成吉思汗的后代也当上了皇帝，上面传令叫他们留在当地，驻守黄河。于是，这些士兵平时种庄稼，闲时练兵。慢慢地，练兵习武成了一种娱乐活动。以后，这种活动变成了在收获季节举行的庆典仪式，当地的土著居民也参与进来，形成了现在的纳顿节。

20 世纪 30 年代，土族知名人士朱海山先生为了使各村的纳顿会与农忙时节互不冲突，按夏粮收割早晚排列举办纳顿的地点，即每年农历七月十二日从收割庄稼最早的中川乡宋家村开始，在 21 个较大的村庄依次轮流举办，每个村子一天，相邻两村互相欢庆，一直到九月十五日在中川乡朱家村结束。

据说，1949 年以前，纳顿会一般只在丰年举办，欠年不举办。从清明节开始，各村的老年、青壮年男子在村庙前举行祭祀，祈祷在神灵的护佑下获得丰收年。所用祭物多为公羊、公鸡。祭拜的对象是整个民和土族群众信奉的二郎神和本村的村神。

祭拜完之后，众人将供物平均食用。然后在村庙前竖起数个草人，寓其能挡冰雹暴雨。最后进行最重要的一项，选出七月纳顿的总负责人和其他负责人，称之为大派头和小派头。大派头只有一位，多是村里威望高、有魄力的老人；小派头有七八人，多为干练的青壮年男子。大小派头们不但要筹集当年纳顿节所需的花销，平时指挥田间管理，还要负责村庙内的日常供奉，维护本村落的社会秩序和治安等。这种做法在土族的历史上对村落的安定起过积极的作用。

时过境迁，如今的土族社会日新月异，人们早已改变了过去靠天吃饭的情况，纳顿节便一直如期举办，成为一个真正的民族节日。纳顿节的前几天，依照惯例选出大小派头，负责节日前后几天的相关事宜，但对平时村民的纠纷只限于调解，对村落的生产活动已无权过问了。也就是说，相较于从前，如今的纳顿只是一个节日，起着联系民族感情的纽带作用。在整个纳顿的仪式和狂欢中，虽然浓厚的宗教文化气息依旧留存，但原先具有的维护秩序等权力已随着时代的步伐消亡。

对于这种权力的丧失，年长的人们都表示出一种遗憾，但大部分的年轻人认为这是社会发展的必需。

四

三川纳顿节的一个特点是它不是聚合各村之力集中于一地举行，而是首先从收割庄稼最早的下川宋家村开始，一村一村接力传递式地举办。

纳顿节到来时，在外工作、学习的游子纷纷归来，每家每户打扫庭院，炸油饼，酿家酒，给小孩穿上节日盛装。家里的男人以跳好和参与纳顿为荣，而勤劳善良的土族妇女以纳顿会场上自家男人的扇套（刺绣而成）无声地展示自己的风采。这种男女老少全部出动的阵势，几乎可以和传统的春节相提并论。淳朴的土族人民也以自己的这个节日为荣，毕竟它能在热闹中给家人及亲朋好友一个除春节和清明之外的团聚之日，增进人们相互间的感情。

听爱人说，十年前的纳顿，无论仪式还是装束都比较严格。纳顿节当天，迎着清晨最初的曙光，会场内不断有每家每户派出的代表提着自家用新面蒸的大蒸饼、酿的家酒和纸“钱粮”来给神磕头上香。不到一刻钟时间，全村各家各户献给神的大蒸饼就堆放成一座座小山，而每个蒸饼至少也在十斤以上。可容纳百人左右的白布帐房坐北朝南，扎在会场最顶边儿，帐房房顶表面的四角镶嵌云水图案，中间镶嵌五只蝙蝠和鹿等图案（意为五福捧寿），远远一看，其气势非同一般。帐篷内，提前一天从邻村请来的神和本村的保护神并肩而供，本村的神以主人的姿态供放在下位右边作陪。当神像供放在供桌上时，锣鼓喧天，鞭炮齐鸣，全村人都要烧香、点烛。

随后，众人陆续回家吃早饭。之后，男人们忙着去纳顿会场狂欢，妇女们忙着准备一整天来客的饭食。与此同时，纳顿会场上大小派头们也忙着烧水熬茶，摆桌上酒，准备迎接本村的老人和外村来客。这时走亲访友的、做生意的从四面八方赶到纳顿会场，整个会场顿时热闹起来。

一切就绪后，大小派头们敲锣打鼓。村里一些准备去狂欢的人听到锣鼓声，就争先恐后地赶到会场参加由上百人组成的会手队伍。会手队伍都是按照辈分、年龄顺序排列成队。会手队伍的前导是几位手执仿古兵器的老人，其后是十几位手持箫管的老者，最后是几十位怀抱三角旗的老人，队末是手擎彩旗的青年，队伍中间是由土族青壮年组成的锣鼓队伍。

那时的会手，都必须头戴草帽或宽边礼帽，小腿扎黑色绑带。老人身穿马褂，脚蹬云底子鞋。青年则身穿长袍。而打鼓手要身穿白汗衫，腰系红绸带并挂数条彩绸，下套大裆裤,小腿扎黑色绑带。敲锣手一般头戴红缨帽或柳圈帽,身穿长衫，腰系红绸带。所有成员不许佩戴墨镜、太阳帽。

村落之间合理有序的关系在纳顿节日期间得以表现。会手舞队不光是本村的村民，还集结着邻近村子的力量，除了本村的会手，还要与邻村会手相迎成一对，然后再进行表演。而且两队汇合时，若遇道口、桥梁，还要格外狂欢一番，前者意为“过关”，后者意为“会师”。双方会手汇合一处后，阵容陡增，鞭炮齐鸣，锣鼓喧天，成百上千的围观群众人头攒动，各个精神抖擞，容光焕发，兴高采烈地大呼“大——好——哎——”,把节日的狂欢推向高潮。

此时，会手阵法变化多端，锣鼓手们的舞蹈动作也逐渐加大难度，看上去激烈复杂，有鹞子翻身，有丹凤朝阳，有五云捧日等。每一种阵法在激烈的鼓点声中都有巧妙的变换，而鼓点随着舞姿变化恰当地起落，三者协调融合、浑然一体、优美无比。

这时，锣鼓声惊天动地，远传土乡十几里之外，纳顿会场上尘土飞扬，远远看去犹如一条条金龙驾着一道道彩虹飞至纳顿会场，在会场上跳跃飞舞，掀起尘烟滚滚。锣鼓手们在起舞时都要摆阵法,如“一字长蛇阵”“龙门阵”“八卦阵”“二龙戏珠阵”等,有些地方还摆“龙退骨,蛇退皮”

的阵形。而且对每一个锣鼓手起舞的姿势要求都非常严格，鼓手们肩上斜背五六十斤的七彩龙凤鼓，鼓垂至膝，脚踏太极，一手扶住系龙凤鼓的红带，一手拿槌，动作刚劲有力，鼓声雄厚，气势磅礴；锣手们起舞时同样脚踏太极，弯腰挥臂，摇头摆身，锣声清脆悦耳。

而如今的纳顿，会手队伍人数锐减，服装也不像以前那样严格，更为遗憾的是，当初的那些阵法早已难觅踪迹，只剩下一些单调的会手舞动作。但作为世界上最长的狂欢节，纳顿的气势和喧闹依旧，人们仍然能从聚首大呼“大——好——哎——大——好——哎”中体会到什么是真正的幸福和快乐。尤其是排在前列的老者，那劲头儿、那威风、那忘乎所以的神态，似乎在向人们宣告着人老心不老的生活态度，又像是在给大家展现一幅历史画面，让在场的人都身不由己地融入其中。

五

热闹的纳顿节也不仅仅是狂欢的单调，会手舞结束后，有些人去亲朋好友家拜访，有些人去会场看面具舞蹈。

面具舞中首先表演的是“庄稼其”，意思是种田的人。

四个男子戴上不同的面具，穿上各具特色的服装，装扮成老人、儿子、儿媳，在鼓声中边舞边绕场数圈，其大意为一个土族老人教自己的儿子、儿媳务农，反对经商的故事。随着现代文化的融入，表演者还会进行互动，请场外的老者一起说服教育。而实际上，这正是土族社会中有些家庭问题或邻里纠纷得不到圆满解决时，要么家长请村内有威望、有说服力的老人当“老者”,要么村中的热心人组织“老者”主动上门协调处理的一种习惯方式。

接着表演“三将”“五将”“关王”的三国故事舞蹈，在这个节目中，关云长始终处于中心位置，表现了土族人民看重忠义、崇拜关羽的心理。众所周知，三国戏的内容是汉族文化的一部分，而土族人民对它的吸纳和演绎，正是土族多元文化的又一表现。

最后表演的是《杀虎将》，有人扮演一对老虎和一对牛进行搏斗，老虎将牛压倒在地并向场外观众挑战，场外有胆量的青年便出来同老虎摔跤决斗，难分胜负。眼看小伙子就要受到伤害时，伴随着急速的鼓点，身穿战袍的“杀虎将”出场了，经过与老虎的较量，将长剑架在老虎的脖子上，算是杀死了老虎。这正是源自于土族早期图腾崇拜的拟兽面具舞蹈，反映了历史上土族先民的生活状况。

这些基本上没有对白和歌唱的面具舞，在以细腻传神的动作表达故事情节和人物感情的同时，也向人们展开了土族的历史画卷。

整个纳顿节自始至终都处于一种火热的气氛中，而最能引起人群骚动和外来者惊叹的就是这个节日的结尾，也就是法拉神舞。

法拉是神的代言人，上场后，直奔神轿，在激烈的锣鼓声中，以癫狂的神灵附体的状态，摇着法器跑向挂着“钱粮”的木杆，将一条条“钱粮”扯下来，缠成团，跑到帐房前的大香炉旁点燃祭天，而且两腮插着 2~12 把长 20 公分的尖刃钢刀，称为“上口钎”。只有烧完这些“钱粮”，才能将“口钎”拔除。

当法拉在场中忘我地奔跑时，场内的观众都紧张地跟着法拉来回奔波，那一刻，他们似乎也懂得法拉的用意，用自己的行动支持他。“钱粮”烧完，“口钎”拔除后，满场奔跑的法拉看似大病初愈般地虚弱无力，立即就会被大小派头们扶进帐房休息。

作为多元文化融合的民族，纳顿中的法拉发神仪式体现了土族信仰文化中鲜明的萨满遗俗，可见，人神共欢在这里已不是什么神话。

法拉、法师等土族民间神职人员，可以说是土族传统文化的传播、保护者之一。他们在土族村民们举行的各种祈神、祭神仪式中扮演着不同的角色，发挥着重要的作用。

带着一些神秘色彩的法拉舞一结束，也就宣告了这一村庄纳顿节活动已接近尾声。这时，本村的大小派头们拜送二郎神出村，邻村的大小派头们抬着八抬大轿将二郎神请去，准备第二天本村的纳顿会。

此时，凡是参加纳顿会的人都可分到一块蒸饼，他们相信吃了这蒸饼可以消病强体，所以都会带回家与全家人共享。而在亲戚朋友家走访的人也已酒足饭饱，互相道谢告别。

傍晚，本村的大小派头们将本村村神抬回村庙中，拆除帐房，清点剩余钱物，留作平时村庙祭祀之用。人们四散而去，喧闹一天的纳顿会场重新变得清静了。纳顿真正的热闹于每个村虽然只有一天，但村村传送相延而下，就成了最长的狂欢节。

六

撩开狂欢的面纱，透过学者的视角，我们知道纳顿这个蕴藉着狂欢与欣喜的节日的背后，还负载着许多的文化密码。也许有些东西正与我们渐行渐远，而有些东西已与初衷背道而驰。

人类创造了文化，又被文化造就着。正如某位学者所说，当外来者频繁关注某一文化现象时，说明这一文化正在逐渐走向衰落或变异。这些年，国内各种团体和组织对纳顿节的频繁关注和参与，也使我有着隐隐的担忧：爷爷说的好多东西现在都已很难见上一次，以后我的孩子们还能看到什么？

虽然我对纳顿节有着许多忧与思，但一想起黄河边儿那个熟悉的小院、全家大小的忙碌与全村人的欢喜，想象着只要回到乡下，睡在能被最早的太阳照射到的那间西厢房，想象着爷爷给我描述的许多我未曾见过的场面，我就深深地陶醉于自己能成为这片土地的主人，陶醉于一个民族对传统文化的坚守。尽管我不知道这种坚守能维持多久，纳顿丰富的内容能保留多久，但只要想起能与家人相聚在每年的盛夏，我就能最深切地感知乡下早晨的空气里蕴含的那种味道，那种伴随着土族人家特有的煨桑气息袅袅而来的一种惬意和亲切。